中公文庫

大阪弁おもしろ草子

田 辺 聖 子

中央公論新社

目次

大阪弁おもしろ草子

よういわんわ――古語について

上方《かみがた》弁に古語が残っているというのはよくいわれるが、どんどん標準語、あるいは共通語に変っていってしまい、典雅な古語が死語になっていくのは寂しい。ちょうど日本全国の町が画一化していくのに似ている。どこの駅前もターミナルビルができて地下街があり、チェーンストアがあるという風なものであろう。

私は以前にあるところへ「うたて」という王朝の古語が大阪に残っていると書いたら、それは東北にもあると読者から教えて頂いた。「うだで」と訛《なま》るそうだが、やはり『源氏物語』の「若紫」の巻にあるように、

〈あなうたてや。ゆゆしうも侍《はべ》るかな〉

といったのと同じ意味で使われているそうである。私の祖母は数年前に九十いくつで亡くなったが、歯痛などで悩むと、「うたていことでおますわいな」と形容詞にして使っていた。うっとうしい、面倒な、なさけない、そういう気分を「うたて」というらしくて、中々いいコトバだと思うのだが、私ももう使わないし、私の身辺に関する限り、祖母を最後にして「うたて」は死語になってしまった。

死語になると、古典とのつながりというか臍《へそ》の緒が断たれてしまうので、まことに残念であるが、しかし言葉は生きものだから、その変貌をおしとどめるすべはない。

ただ、祖母などが頻用《ひんよう》、愛用していた、

「……わいな」

という語尾は今も大阪では活用されている。

大阪漫才の青年芸人たちも愛用し、町でも日常次元、聞かれる。

「……わいな」の「な」は強め、感嘆詞、念押しの助詞で、性差なく使う。ただ、

「行くワイ」

「いうたるワイ」

となるとこれは男性語。私の母は岡山生れなので「……わいな」は使いこなせないが、祖母は「おいしゅうおますわいな」などと使っていた。

船場《せんば》生れの劇作家・香村菊雄《かむらきくお》氏の思い出によると（『船場ものがたり』）、氏の祖母上は嘉永六年生れだったが（昭和七年に八十歳で物故されている）、祖母上が客人に、若いころの思い出話をされているのをそばで聞いていると、まず、こんな風であったそうだ。

〈さいでごあすとも……わたしの父者《ててじゃ》は、ほんにきついお方《かた》はんでござりやしたわいなあ。兄《あに》さんが、夜《よ》さりおそうに戻って参《さん》じやすような事がござりやしたら、表のころろん落としておしまいやして、いっこ中い入れておくれやござへん。母者人《はやひと》が、もう堪忍してやって給《た》もれとお取りなしやしても、極道者《ごくどうもん》にゃためにならんわいと、兄《あに》さん、なんぼ門口に立たされしゃんしたことでござりやしたやろか……〉

まるで浄瑠璃《じょうるり》を聞くようではないか。私の祖母は船場人間ではなかったから、とてもこのように優美典雅ではなかったが、それでも近松なぞを読んでいると、祖母の口吻《こうふん》をほうふつとさせる古いことばに出あってなつかしくなる。

右の会話の例にある「夜さり」も古いことばだが、これは祖母はむろん、私なども今も使う。夜、晩、などという場合、ヨルやバンというと漢語めいて男っぽいひびきだが、

「夜さりおそうにお電話してすみません……」

というと、あたりが柔かくなる。『枕草子』で有名な段、「宮にはじめてまゐりたる頃」に

〈下《お》りまほしうなりにたらむ。さらば、はや。夜さりは疾《と》く〉

などとある、それと同じ。ただこれも若い人は追い追い使わぬらしく、私などもヨルといえば「夜行って」という語法になるが、「ヨサリ」とくると、

「夜さりに行《い》て」

といっそう古い言葉づかいでないと上下の平仄《ひょうそく》が合わぬ心地がし、「夜さりに行

って」では使いにくく、やがてはこれも漸次《ぜんじ》、死語となるかもしれない。
「去《い》ぬ」という古語は大阪では日常次元で使っているので、古語とは思えないが、『万葉集』にはいくらも用例があるし〈〈すべもなく苦しくあれば出で走り去《い》ななと思へど児らに障《さや》りぬ〉〉、何より百人一首の藤原基俊《もととし》の歌に、
〈契り置きしさせもが露を命にて
　あはれことしの秋もいぬめり〉
とある。大阪の学生は古文を習うとき、大阪弁と細部が似ているので、体質的に馴《な》じみやすいのではないかと私などは思っているのだが、「去ぬ」などは若い人たちも使う。映画館で前に坐っていた若い男女、見た所まで来たのか、小声で、
「去《い》のか？　ぼちぼち」
「うん」
と言い合って、二人で席を立っていた。
　昭和二十年代に私は卸《おろし》問屋の事務員をしていたが、外回りの販売員が夕方帰ってきて、

「今日は黒犬のケツや。どこも『去《い》ね去ね！』いいよる」

とクサったりしていた。去ぬ、を命令形でいうと去ね、であるが、景気が悪くて売足が落ちると、小売屋も注文どころではなく、問屋の若い衆を見ると「去ね去ね」と追い返すのである。

「黒犬のケツ」というのは大阪の古いシャレで、「尾も白うない」――面白くないという意。

そんなことをいいつつ、クサリながらもアハア笑うのが、大阪の若い衆である。

「ずつない」という語も、いまも使うが、これは上方落語や漫才で聞くように思う。若い人の日常語に入っているであろうか？

「ああ、沢山《ようけ》食うて術《ずつ》ない」

などとおなかを撫《さす》って男たちはいい、

「まあ、そないしてもろたら、却《かえ》って気ずつ無《の》うて」

などと女たちは使う。近松の『女殺《おんなころし》油地獄《あぶらのじごく》』に、

〈思ひ知つたか思ひ知れとあたりをきろきろねめ廻し、ア、づつない苦しいともだ

えわななきそぞろこと〉
すべなし、術《じゅつ》ないがずつないとなったのであろう。私ぐらいの年代では、「ずつない」はまだ使うが、今日びの若者はどうだろう。ただ若い笑芸人あたりは先輩の口うつしで、かなり、古語を駆使しなれているので、なめらかに「ずつない」が出てくるようである。

もっとも、古語でいうと京・大阪よりもっと古拙な古語が残っているのは奄美《あまみ》である。

沖縄は奄美よりずっと洗練されて独特の文化をもっているが、奄美はいうなら内地文化のいちばん奥の吹きだまりで、それだけに何百年来の言葉が隠れ切支丹《きりしたん》のように、すこしずつさま変りして残っているように思われる。たぶん専門の学者の方の研究もあるかと思うのだが、私の義理の縁辺の人が奄美の突端の村にいるので、聞きとりにくい島方言《ぐち》に耳をとめると、奥さんは「トジ」（刀自）で、魚は「イオ」であった。脛《すね》は「ハギ」で、お母さんは「アンマ」。愛する人は「カナ」で、これは「愛《かな》し」から来ているのだろうか。美しい、下さい、というのは「タボレ」であるが、これはむろん「賜《たも》れ」だろう。きれいな、というのは「キョラ」あるいは「キュラ」、美人は「キョラもん」。私はこれは王朝古語の「けうら」から来ているのではないかと思った。清らが「けうら」になったといわれるが、『源氏物語』の「真木柱」の巻で、〈髪いとけうらにて長かりけるが〉などとある通り。『源氏物語』といえば、ここの八月踊りのお祭を見てたら、ご馳走の中の握りめしは、直径十二、三センチもありそうな、まん丸いボール大のものだったのでおどろいてしまった。手のうちでむすべるような三角や俵型のおむすびではないのである。

団々たるまん丸な砲丸のごときもの。

雪のように白い砲丸、しっかり固くむすんだのが無慮《むりょ》数十コ並んでいるさまは壮観で、それを見た私は、ハタと思い当った、これは『源氏物語』にある、「屯食《とんじき》」

ではないか。かの冒頭「桐壺」の巻、源氏十二歳の元服の折、盛大な祝宴が張られるが、参列者にさまざまな下されものがある、その一つに強飯《こわいい》を卵形に握り固めた弁当があり、それが屯食で、絵で見るとかなり大きいのである。

それから、これは私が実見したのではないが、その村では昔、結婚の相手がきまると、結納《ゆいのう》として硯蓋《すずりぶた》にさまざまのご馳走を盛って焼酎三合を添え、相手の家へ持っていったという。土地の古老の話では奄美南端の村は明治時代まで金銭というものがなかったという。

硯蓋に盛るご馳走は魚、豚肉、昆布、大根などであったそうな。

この硯蓋（奄美ではスィディリフタと発音する。奄美方言には日本内地にない、ティ、トゥ、スィ、イユウ、クィ、ムォ、などという発音があり、もしかすると万葉や源氏の発音も、それらの音で読まれたのではないかと思われたりする。だから、奥さんのことを刀自といっても、それはトゥジという発音であり、魚のイオはイゥ、あるいはユーにちかい）——とにかく、硯蓋というのが私を面白がらせた。『源氏物語』にはものを盛るのによく硯蓋が使われている。かの、「賢木《さかき》」の巻に、源氏が藤壺の宮のもとへ忍んできたとき、宮の前には「箱の蓋などにもなつかしきさまにて」「御くだもの」が「参り据え」てあった。

奄美には古語だけではない、古俗まで伝わっていたようである。また、婚礼の唄にはこういうのがあると『瀬戸内町民俗誌』にはある。

〈今日の佳《よ》かろ日に夫婦まぐあいて
　鶴亀の如《ごと》に栄え祝《いゆ》を〉

『古事記』に出てくる「まぐあい」がちゃんと歌われるので愉快になってくる。もっとも奄美民謡と『万葉集』、あるいは記紀歌謡との相似は早くからいわれており、「同巧異曲の風韻をそなえたものが少くない」と『奄美民謡大観』（文英吉《かざり》氏著）にある通りである。

新築の家の祝い唄として、

〈玉の石据えて　黄金柱《くがねばしら》立てて
　野茅《ぬぼこ》取り寄せて　葺《ふ》いちゃる　きゅらさ〉

これも『古事記』の雄略天皇の段の、

〈纏向《まきむく》の日代《ひしろ》の宮は　朝日の日照る宮
夕日の日がける宮
竹の根の　根垂《ねだ》る宮
木の根の　根蔓《ねば》ふ宮
八百土《やほに》よし　い築《きづ》きの宮
真木《まき》さく　檜《ひ》の御門……〉

を思わせるし、『書紀』の顕宗紀《けんぞうき》の「室寿《むろほき》」の歌も連想させるではないか。

こういう祝いごと、とりこみごとをとりしきるのを、奄美では、

「さばくる」

といい、これは下って鎌倉期あたりの本から見られる古語である。――そんなわけで、奄美の「島ぐち」は私には興があるのだが、しかし今はどの家にもテレビがあり、若者はどんどん共通語になってゆくらしい。

ついでにいうと、私はこの頃、奄美方言についてこんな考えを持っている。内地の古い言葉が、奄美に残っているというのは、内地からその昔、奄美に伝わったの

ではなく、言葉は奄美から内地へ流布していったものではないか、ということである。これはただ私の直観のようなものであるが。

ところで私がいまも、どうしても共通語・標準語に翻訳して使えないのは、

「ようせんわ」「よういわんわ」

などというときの大阪弁である。

この「よう」は「能《よ》う」で、「好う」ではなく、私は王朝古語の、

「え……せぬ」

から来ているのではないかと思う。『源氏』の「桐壺」の巻、桐壺の更衣《こうい》が主上のもとへしげしげ召されるのを嫉妬した、ほかの女御《にょうご》たちが、どうしても通らねばならぬ廊下の戸を締めたりする、〈えさらぬ馬道《めどう》の戸をさしこめ〉などと使っている、あの言葉である。「よういわんわ」は「え言わぬ」で「ようせんわ」は「えせぬ」――昔の本では「え」とくると必ず「ぬ」や「ず」で打消、反語に使われているが、これが標準語でいうと、

「そんなこと、よう言わんわ」

が、

「そんなことは言えないわ」

になる。

しかし「言えない」と「よう言わん」とはニュアンスが違うと私は思う。「よう言わん」を標準語に訳すると、

「とてもそこまでつっこんで言うことはできない、私の立場、私の才徳、私の器量ではそれは私の手にあまることで、私では、なし能《あた》わぬことである」

という意味があるから、これをどうしても標準語にするとなると、

「とっても言えないわ」

とでも付加しないといけなくなる。

この、「よう」というのをつけると、言葉のあたりも柔かくなるので、聞く人の耳にも障《さわ》りがないように思われるのだが、どうであろうか。言えないわ、できないわ、というキッパリした断定とはちがって、

「よう言わんわ」「ようせんわ」

というと、アトをひく感じで、

「何でやいうたら……」

とか、

「そやかて《ビコーズ》……」

とか、その理由をつづけたくなる。べつにそれは要らんのであるが、「よう……せん」というた以上は、それっきりで話の腰を折ってしまうのも愛想ない気がする。

大阪弁にも断定の口調というのはあり、

「言えまへん」

「書けまへん」

というときは断固としていうであろう。しかし、あんまりそう言い切ったんでは、ミもフタもないやろうという気が萌《きざ》したときは、

「よう言いまへん」

「よう書きまへんなんだ」

とかいう使いかたをする。大阪弁を片っぱしから標準語や東京弁に置きかえて、置きかえられぬことはないのだが、この、

「よう……せん」

「よう……しまへん」

だけは別である（それともう一つの大阪弁の特徴というか、どうしてもそのニュアンスを翻訳しきれないものに、語尾の「や」があるのだが、これはまた別の機会に考えてみよう）。

ともかく私はこの、「よう……せん」というのが大阪弁らしくて好きなのだが、「よう……せん」というと、あと何かつけ足さないと相手に悪い気がするという、その語感は、これは近松の文章の感覚ではないかと思えてきた。

近松の世話物の世界の男も女も、何かをいえばそのわけを説き去り説ききたり、こちらの気持を諄々《じゅんじゅん》縷々《るる》と相手に伝え、ゆきつもどりつなめらかに、しかもくまなく感情のゆくたてを訴え、それでいて一本調子にならず、強調すべきところはツブ立て、条理と情愛をあまさず伝えて説得し、あるいは訴えようとする。その絢爛《けんらん》

多彩な訴えの説得力あること。

「よう言わんわ」にはふた通りの意味があって、文字通り、とてもいえないという、I can not と、「呆れはててものがいえぬ」という意味もある。

これは戦後に笠置シズ子が「買物ブギ」をヒットさせ、その中に、

〈わてほんまに　よういわんわ〉

の歌詞があってひとしきりはやったが、そういう感じで、『心中天網島《しんじゅうてんのあみじま》』のおさんは夫の治兵衛にくどく。愛人の小春と手を切ると誓紙を書いた治兵衛は、そのくせこたつで蒲団《ふとん》をひっかぶって、〈枕に伝ふ涙の滝、身も浮くばかり泣きゐたる〉おさんは夫を引きおこして顔つくづくと打ちながめ、ここで「よういわんわ」とはいってないのだが、そういうニュアンスで、

〈あんまりぢや治兵衛殿。それほど名残をしくば誓詞書かぬがよいわいの。をとゝしの十月中のゐの子にこたつあけた祝儀とて、まあこれ、こゝで枕ならべてこのかた、女房のふところには鬼がすむか蛇がすむか、二年といふもの巣守《すもり》にしてやう

く〳〵は、様伯父様のおかげで、むつまじい女夫《めをと》らしい寝物語もせうものと、たのしむ間もなくほんにむごいつれない、さほど心残らば泣かしやんせ泣かしやんせ、その涙がしゞみ川へ流れて小春の汲んでのみやらうぞ。エ、曲もない、うらめしや〉。

これが〈膝にだきつき身をなげ、伏しくどき立てて嘆きける〉のセリフである。この情理かねそなえた妻のくどきの口吻《こうふん》を、——いや、このおさんだけではなく、小春には小春の、治兵衛には治兵衛のくどきがあるのだが、この諄々縷々たる川の流れのような物言いを、読んだり聞いたりすると私はいつも物なつかしい、肌に馴《な》染《じ》む気がしてうっとりするのだが、あるとき、ふと、

（これは昔の大阪のオナゴの口吻だ）

と気付いたのだ。

私の祖母や曽祖母が、女連中とべちゃくちゃとしゃべり交すとき（私のうちには絶えず掛人《かかりゆうど》の老婦人やら、遠縁の老女やら、近所のお家《え》はんやら、女中《おなごし》やら、若い叔母たちやら、とにかく女がいつも、奥の曽祖母の居間に群れていた。子供の私

はその一隅で絵本をめくりつつ、オナゴたちの会話を聞くともなく耳に入れていたのである）、彼女らは悠々と、とぎれめなく、ゆきつもどりつして話す。

あちらがこない言わはるさかいに、ワテはこう言いましたんや、というのはワテもかねがね、こうやないかと思うてたんやけど、それをいうたら、あちこちに差し障りおますやろ、そやさかい言わんとおいたんでっけど、いまここで黙ってたらかえって具合悪《ぐっ》うないかしらんと……。

話はえんえんつづく。句読点はないままに、内容はおのずと聞き手のあたまに入るようなあんばいになっている。近松の口吻はつまり大阪女のしゃべり方が基礎にあるというか、そういう発想法の裾野があって近松の文学が結実したというのか、更にその根をたどれば私は『源氏物語』の口吻、あれがオナゴのおしゃべり文化の根ではないかと思うのだ。

『源氏』の口吻が谷崎潤一郎氏の『細雪《ささめゆき》』に通っているのも暗示的である。

つまり、そういうクドクド文化の、しかも中身のずっしりつまった女文化の底深い暗黒大陸の一端をかいま見させてくれるのが、「え……せぬ」よう……せんわ、というコトバだと思うのだが、若い女の子のコトバがボキャブラリィ少く、断定的になってゆくばかりの現代、女文化の根は断ちきられてしまうのではないかと私は寂しいのである。

古語が死語になってゆくのはとどめるすべもないが（ようとめん）、ゆきつもどりつ流麗に委細をつくし、くまなく感情のゆくたてを訴える、その能力が、あるいはそのニュアンスをききわける精神的な聴力が衰えてしまったとき、女文化は断絶してしまうように思われる。

大阪弁は一面直截《ちょくせつ》なくせに、へんにまわりくどい所もあり、「不便」といえばよいのに「便利わるい」といったりする、そのお遊びが「ようせん」「よういわん」でもあろう。「よう……せん」が死語になったら、大阪弁もおしまいかもしれない。

ちちくる――上方弁の淫風

大阪弁は京都の御所言葉の余波《なごり》を受けたのか、たべもの、野菜などに「お」や「さん」をつけたりする。大根を「おだい」、菜っぱを「お菜サン」、豆は「豆サン」であり（お豆サンとはなぜかいわない）、かき餅は「おかき」で、饅頭《まんじゅう》は「おまん」、汁《しる》はすべて「おつゆ」で、味噌汁といえば早いのに、「お味噌のおつゆ」とながながしくいう。

粥《かゆ》、とはいわずに「おかいさん」。

油揚は「お揚げ」、雑炊《ぞうすい》は「おみい」。

芋、なすびはそれぞれ「お芋」「おなす」。

漬物は「おこうこ」、豆腐は「おとふゥ」。

それでも、きゅうりを「おきゅう」とはいわないし、ごぼうを「ごぼうサン」ともいわず、おのずからなるきまりがある。何でも「お」や「さん」をつけるとは限らないから、厄介である。

そういう語の慣習がいまだにすたれぬところはいかにも優美・閑雅《かんが》なようであるが、またいっぽう、何となくいかがわしいような、みだらがましいような、うさんくさいような言葉がちょいちょいあり、私にとっては大阪弁の古風さはなつかしく尊むべきである一面、何となくあんまりさぐると何が出てくるやらわからんという、ややこしいところもあるのである。

滝沢馬琴の『羇旅漫録《きりょまんろく》』には、

〈大坂は言語すこし京よりさつぱりとしたる方なり〉

とある。二百年ちかい昔だが、馬琴は江戸からはるばる京阪の地を旅して、

〈大坂の人気は、京都四分江戸六分なり。倹《けん》なることは京を学び、活なることは江戸にならふ。しかれども実気あることは、京にまされり〉

と観察している。それよりほぼ半世紀あとの久須美祐雋《くすみゆうせん》の『浪華の風』によると、

〈当地は一体淫風にして、婦女子の風儀尤《もっと》もよろしからず。帰する処、利を専らとなす風俗故、おのづから廉恥《れんち》の風を失へり。婦女子にて利を得んことを専らに謀《はか》る時は、淫風隆《さか》んなるべきこと其理顕然《けんぜん》たり〉

この人は先手火附盗賊改め加役から、大阪の町奉行に転任して来た人で、大阪での見聞をのべたものなのだが、よほど大阪の「淫風」にはおどろいたとみえて、

〈当地は小児を棄《すつ》るもの甚だ多し。是また淫風盛んなるの証にして、奉行たるべき人の心を傷《いたむ》る所なり〉

〈劇場は殊の外繁昌する土地柄なり。是一体の風俗淫風なるゆへか。劇場は自《おのづか》ら繁昌し、劇場繁昌するに依《より》ては、淫風もいよ〳〵盛んなるべき理《ことわ》りにて、歎か敷《しき》ことなり〉

と憤慨している。江戸の生まじめな、かたくるしいサムライの目から見ると、大阪は淫風みちみちているように思われたかもしれぬ。

しかしこの「淫風」こそ上方を上方的にあらしめていたもののように思われる。

侍文化圏と町人文化圏とに劃然《かくぜん》と分れる江戸とちがい、町人でほとんど構成される大阪では、芝居と色里の影響が町中に濃密に浸透して、柔媚《じゅうび》で放恣《ほうし》な気風がうまれる。

性的禁忌《きんき》はかなりゆるやかで、しどけないまでに開放的である。禁欲的道徳家のサムライの目からみれば怪《け》しからんことであろうけれど、そこにはおのずから、上品と下種《げす》の差別も生れ、秩序もあるわけである。たとえば小さな女の子が六つになると踊りを習いにゆく、そのとき東京の山の手風官僚気質の親ならば、その場になってあらためて気付き、

「踊りの文句が、小さい子供には色っぽすぎる、風儀上よろしくない」

と反対してやめさせるかもしれない（実際、そういう人はあった）。しかし上方では、

「もともと踊りや歌はそういうもの」

という観念で、気にもとめないであろう。それがおのずと性教育になっている、などとかた苦しいことはいわないが、何しろ色めいた気分が何百年も瀰漫《びまん》してきた

都だから、かなり無感覚になっている。

「それがどこ悪うおまんねん」

とかえって不審がったかもしれぬ。


明治になってから大阪も開明的になり、西洋風な学制のおかげで東京のサムライ的な感覚をもつ若い人もあらわれ、「どうやら大阪には『淫風』が蔓延しとるようや」と省察し始めたようである。それに昭和に入ると軍国主義一色になったから、上方色はいよいよ払拭されてしまった。

しかしまだ昭和初期には「上方の淫風」は色濃く残っていたとみえ、水上滝太郎《みなかみたきたろう》や谷崎潤一郎らはその「淫風」に中《あ》てられ、陶酔している。谷崎サンの『蓼喰《たでく》ふ虫』に出てくるお久などは「上方風淫風」の具現者といっていい。

たとえば有名な手まり唄の「十二月《じゅうにつき》」、あれなど明治も末までは童謡として、〈しつけのきびしい船場あたりの町家でも少しのためらひもなくうたはれてゐた〉と牧村史陽氏の『大阪方言事典』にはある。これはいまも上方の芸者衆にお座敷で歌われており、三味や太鼓が入って陽気なもの、京都島原の角屋では師走の餅搗《もちつき》にこれを囃《はや》して伴奏にするそうだが、その歌詞がまた古い本によれば「鄙陋《ひろう》なるものなれど」うまく大阪の年中行事や季節のうつりかわりを織りこんである。

天和・貞享のころにできたというから将軍綱吉の時代で、実に三百年も唄いつづけられているのである。色町からはじまっていつとなく町方の童謡になってしまったというのは、町に「淫風」の下地があって抵抗感がなかったからであろう。いまはわりに目に触れることも多いようだが、一般の人には機会が少いかと思われるので、『大阪方言事典』から「十二月《じゅうにつき》」をご紹介する。

〽先づ初春の、暦開けば心地よいぞや皆姫はじめ、ひとつ正月年を重ねて、弱いお客はつひ門口で、お礼申すや、新造かむろは例のかはらけ取りどり、なづな七草囃し立つれば、心いき〳〵ついお戎《えべす》と、ぢつと手に手を〆《しめ》の内とて、奥も二階も羽根や手まりで拍子そろへて、音も左義長《どんど》と突いてもらへば、骨正月や、こたへかねつついく如月《きさらぎ》の、洩れて流るる水も薪の能恥《のう》しや、摩耶も祭か初午《はつうま》さうに、抱いて涅槃《ねはん》の雲に隠るる屛風の内で、床の彼岸か聞くも聖霊会《しやうらい》、アアよい弥生と指で悪じやれ、憎くとふつつり、桃の節句は汐干というて、痴話の炬燵か、足で貝ふむ、衆道《しゆだう》好きこそ高野御影供《かうやみえく》や、さて水揚の、卯月卯月も後《のち》にや広広、釈迦も御誕生、息も当麻《たいま》の床《とこ》の練供養《ねりくやう》、つくに夜明けの鐘の響は権現祭、濡れてしつぽり五月雨月《さみだれつき》とて、道鏡まさりの幟棹《のぼりさお》立て、かぶと頭巾《づきん》の幕や粽《ちまき》の節句、御《おん》田《だ》の紋日《もんび》きけいし長命ぐすり、いくをやらじと止めてこたへりや、つい林鐘《りんしよう》に愛染《あいぜん》と、涼み祇園の鉾《ほこ》ほこ饅頭、子供じぶんはよい夏神楽《かぐら》、過ぎたしるしか、いつか提灯、地黄《じおう》玉子で精をつけては皆お祓《はら》ひや、うはさなかばへ付ける文月、折にふれての七夕客も、盆の間はをどりかこつけ、妓《よね》や仲居を口説きとるのが音頭《おんど》床《とこ》とよ、こえてむつちり白き太もも、通《つう》を失ふ萩月《はぎつき》、さてもたのもし血気盛りの勢い口には、おま名月も、ぐつと月見を、十六夜《いざよひ》気味と、また取りかかる二度目の彼岸、これも成仏得脱《とくだつ》と、いとし可愛いの声も菊月、心節句《せつく》や、茶臼でするのが豆の月とや、みな片端に、祭しまへば二折三折の、のべをきらして神無し月よ、亥《い》の子餅とて大人も子供も、御命講のあたりを五夜も十夜も突いてもらへば、ほんに誓文強いお方じゃ、もそと霜月《しも》、泡を吹き矢の、ふいご祭、顔は上気のほんの御火焚《おひたき》、大師講して、すすめられつつ、また師走《しはす》れど、乙子《おとご》おろかや、よい事始め、陽気浮気の箒客《はうき》とて、中や南を掃いてまはるが煤取り、後にやくたびれ、ほんの餅搗《あもつ》き、はや節分の、けがれ不浄の厄を払ふや、豆のかずかず、ちよと三百六十ついた、一《ひ》イ二《ふ》ゥ三《み》イ四《よ》ォ〉

――『摂陽奇観《せつよう》』に、

〈余り世にしられし故、却つて俗中の流行歌に類する事、惜しむべしとぞ〉

『皇都午睡』には、

〈よくこの長々しき文句を色文句によせての作は、手際なるものなり〉

正月からの年中行事を囃しつつ、まるでだまし絵のようにうしろに淫靡《いんび》なイメージがちらちらかくれている。こういう歌を六つ七つの女の子が、無邪気な声をはり上げて手まりつきつつ唄うのであるから、江戸育ちの鬼平のような（久須美奉行は前職は火附盗賊改めである）サムライには全く「淫風隆《さか》ん」のしるしとして、苦々しかったかもしれぬ。

性や色ごとにオープンな「淫風」は、ついでに大阪弁から衒《てら》いや気取りをとっぱらってしまう。いまの大阪弁はかなり共通語化されているのに、それでもなお、いかがわしい、うさんくさい気分のコトバがあるというのは、その淫風の伝統が底ふかいからである。


卑俗といわないまでも、どうも大阪弁には何だか耳ざわり、という語があって、これは私だけの好みかもしれないが、子供のころ、大人が、

「ポチやったか」

「ポチ袋あるか」

などという、「ポチ」がいやな言葉の一つだった。なぜか分らぬが。

これは祝儀のことで、牧村史陽氏はさきの本で、「ポッチリすなわちほんの少しの意か」と推察していられるが、江戸時代からの古い言葉らしい。犬の名のポチは聞き苦しくないが、子供の私には何となく、へんな語感であった。

大阪から東京へ進出したデパートが、東京の新聞の広告に「ポチ袋いろいろ」と書き、東京人は何のことかわからなかったそうである。ついでにいうと、私はポチという音にはこだわるが、ポチ袋の蒐集は趣味の一つである。木版の美しいものがさまざま売られている。

「インケツや」

という大阪弁も、どうにかならぬかと思われるくらい汚い語感である。これは男が使うが、さっぱりワヤや、もうアカン、目が出ない、くさってしまう、おちこむ、などという意味の言葉だが、これは牧村氏の解説を見るまでわからなかった。

〈かぶ賭博で手札の数を全部足して一になる最悪の手〉

とある。私はそちらの方面に昏《くら》いのでよくわからない。これは昭和三十年代頃の商売人がよく使っていたが、今はどうであろうか。今では「インケツ」にとって代り、

「げんくそ悪い」

という言葉になっているかもしれない。げんは縁起がさかさまになってギエンが

げんになったものという。「げんがええ」の反対で「げんが悪い」、それを強めて「くそ」をつけているのだが、これは現代では始終使われる。よって「げん直し」という屋号の飲み屋も間々あり、面白くないときは、

「一杯やろか、げん直しや」

などというから、そういう名の店は「げんがええ」というものである。

十日戎《えびす》の残り福、一月十一日の夜おそくお詣りすると、売れ残りの吉兆が安く買える。

「げんのもんや、買《こ》うてや。負けとくでェ」

なんておっさんやおばはんが叫んでいる。

これもあんまり値切り倒すと、「げんが悪く」なってしまうが。

子供の頃には、大人のいう、

「てかけ」

なる語もいやなひびきに思われた。まだしも「めかけ」のほうがマシに思われた。

昔の大人は、世の中が大人中心にまわっており、現今のように子供中心の家庭では

ないから、子供への斟酌《しんしゃく》といった教育的配慮は絶えてないのである。平気で、

「あの人のてかけは、どこそこの生れで」

などいう。「てかけ」も古い言葉だが、西鶴の本などにあるように「手かけ」から来ているのであろう、潔癖な少女の耳には、あまりに語源が直截《ちょくせつ》的でまことに聞き苦しかった。

少女の私にはすでに「てかけ」がどういう境遇にいる女かわかっている。しかしすっかり熟知しているわけではない。だからよけい、大人たちが、

「てかけの家で死なはったんや……」

などと平気で発音している厚顔さを憎んだものであった。といっても「そばめ」などはべつに引っかからない。私は小説好きな子供で本をよく読んでいたが、時代小説に出てくるこの種の言葉には寛容なのである。

「ぼてれん」も直截すぎてミもフタもないという大阪弁。妊婦の大きいおなかをいう。

「まどう」というのはべつにいかがわしい語ではないが、惑う、のほかに弁償する、

という意味もあり、これが命令形になると、

「まどてんか」

になる、こうなったときにはいかにも図々しく阿漕《あこぎ》にきかれる（まどうは全《また》く還す、が語源だといわれる）。この「ど」という音のひびきが強いためらしい。

私の知人のバーのママは、店のホステスの愚痴を聞きながら何気なく、テーブルをダスターで拭いていた。そのホステスは話すうちに涙を催して、つけ睫毛《まつげ》をはずし、テーブルに並べていたのだが、ふと、

「あっ。あたしのつけ睫毛、どこへやったん？　それで拭いてしもたんちゃう？　ママ」

と大さわぎになり、ダスターをうち振り、床の絨毯《じゅうたん》をなめるようにさがし、べそをかいて、ママに、

「どないしてくれるのん！　四千円もしたんよ、まどてんか！」

と叫んだそうである。弁償してくれ、といえばそうも思わないが、「まどてんか」といわれると、ミもフタもない、という感じになる。

「じゃらじゃら」という言葉を大人が発音するのも聞き苦しかった。

「そんなじゃらじゃらした話がおますかいな」

と怒ったりするときに使う。ふざける、ばかばかしい、とかいう意味だが、これは『仮名手本忠臣蔵《かなでほんちゅうしんぐら》』七段目にも使われている、〈互に見合す顔と顔、それからじゃらつき出して身請《みうけ》の相談……〉とあるもの、今の私が聞いても何となく淫猥な語感だが、どうも上方弁には男女の交情を暗示するような口吻《こうふん》のひびきが多い。じゃらじゃらには、直接、そういうニュアンスはないのだが、情緒纏綿《てんめん》という雰囲気をも「じゃらじゃらした」で片づけることが多いので、まんざら脈絡のないことでもない。

「ちちくま」という語も、昔から私にはおちつきわるい大阪弁である。

これは肩車のことで、大阪では「かたくま」ともいう。

かたくまは別にこだわらないが、「ちちくま」は淫風の感をまぬかれない。牧村氏は、

〈子供を肩車にのせると、その両足が丁度乗せている者の乳のところに当る。乳《ちち》

車《ぐるま》の名の起ったゆえんであろう〉

といわれているが、今でも大阪で使うであろうか、「かたくま」は聞くが、年配の人でないと「ちちくま」とは言わないようである。それでも肩車そのものはいまもあり、父親の肩にまたがっている幼児を見るのはたのしいものである。

小学館の『日本国語大辞典』には、東北から九州にかけての各地で肩車のことを、

「ちんころば」

ともいうとある。また「ちょんこまい」ともいうらしいので、「ちちくま」もその一派なのかもしれない。

ところで、きわめつけの淫靡《いんび》な語として、

「ちちくる」

というのがある。これはいまも日本中で使われる言葉であるが、本来、上方弁である。

右の辞典には、

〈男女がしのびあって情を交わす。男女が人目をしのんでむつみたわむれる。私通する。他動詞的に、男が女をものにし自由にする場合にも用いる〉

とあり、昔のオトナは、これまた別段、声を低めもせず、

「誰それが、ホラ、あしこの女中衆《おなごし》にちょっと垢ぬけたん居《い》てましたやろ、あれとちちくり合《お》うて……」

なんて噂していたものである。言語感覚の無恥なることいわんかたなし。聞くほうのオトナも、「へーえ」と平気で聞いていたものだ。

上方では「ててくる」というのもあったよしだが、これは私は聞いたことがない。もし聞いたら、堪えきれずに耳を掩《おお》っていたかもしれない。

いや、全く、少女の私には戦前の大阪弁は聞くに堪えない淫猥さにみちているように思われた。

今はどうかというと、こうやって平気で書いたりしている。しかしそれらの言葉は、大阪でも古語になったゆえ、現今では「ちちくる」ことを、

「チョネチョネする」

というのであるが、これもいやらしい語感で、いま潔癖な少女は、我々が「チョネチョネする」などというのを聞いて、

〈バカ、あほ、死ね！　いやらしいオトナめ〉

と耳を掩っているかもしれぬ。しかし現代の若者はもしかするとテレビや本で、そのへんの感受性にかなり幅ができているかもしれない。

ついでに歌舞伎や人情本にある「ちんちんかもかも」というのが私にはよくわからなかった。

ともかく濃密な関係を指すものにはちがいないが、大阪弁では私は身近で聞いていない。これはもともと「ちんちん鴨の入れ首出し首」といって、さきの辞典によれば、

〈鴨が首を出し入れするように、男女が一つの蒲団から首を出し入れするさまをいう〉

とある。ここから浄瑠璃の『神霊矢口渡《しんれいやぐちのわたし》』には、

〈人まぜずのちんちんこってり〉

という言葉もあるそうで、この「ちんちんこってり」もすごい。「ちちくる」「て
てくる」から実にバラエティに富んだ形容詞が続々生れてくる。
更に、
「ちょよけ、まちょけ」
というのもあるそうで、「ちょちょけまちょけ」ともいう。これははっきり「男
女の情交」を指す。歌舞伎の『伊勢平氏栄花暦《いせへいじえいがのこよみ》』には「勿体なくも神前で（中略）
……ちょよけまちょけをおっぱじめて」とあるそう。
「ちぇちぇくる」とも、
「ちゃちゃくる」
ともいうらしいから、実にもう、「淫風」のきわまれる語感というべきであろう。
すべてこういうのが上方から出ているというのは、そういう淫風的感覚が、上方
は鋭敏だったのであろうか。
「ちぇちぇくる」なんてすごい、と思っていたら、本来、こっちのほうが「ちちく
る」より古いそうだ。

ちちくる、は「乳繰る」ではないそうである。

〈語源は雀などのさえずる声を模した擬声語「ちぇちぇ」「ちょちょ」「ちゃちゃ」などを、男女が密会して私語するのをののしっていうに用い、それが転じて、密通する意味になったという〉

ちぇちぇくる、が江戸へ来てなまって、ちちくる、になり、それが一般化したものらしい。

それならば、「チョネチョネする」も、あんがい、その流れから派生した言葉かもしれぬ。

それでふと思い出したが、現今、「ちんちんかもかも」という状態を、

「ニャンニャンする」

というらしいが、これも日本語の正統な使い方、歴史的コトバ遣いといえるかもしれない（喃々《なんなん》、という言葉もあるが）。猫を指すとすると、雀のかわりに猫になっただけである。

チェチェくる、と、ニャンニャンすると、数百年の間をおいて、歴史はくり返す

というが、またよく似かよったコトバがはやるものだ。

淫風というのは、しかく、造語力のあるものである。淫風がコトバに生命を吹きこみ、感性と説得力をもつのかもしれない。

そやないかいな――語尾と助詞

ことばというものは、ことに日常語の場合、語尾によって多彩絢爛《けんらん》に光耀《こうよう》するように思うのだが、これは私が上方弁に親昵《しんじつ》しているため、そう思うのであろうか、ほかの方言ではいかがであろう。

明治政府が唱導強制した標準語・共通語はいち早く上方にも広まって、私などが小学生のころ（昭和十年代はじめ）は、もう大阪弁を使うのは品がわるく無学なあかしのように思う気風が、大阪の若いインテリの間にあったように思う。

それでも祖父母や父などはそんなことに関係なく「そうでっか」「知りまへん」などとやっていたが、私の母は岡山から大阪へ嫁に来た者で、かつ小学校の先生の

経験もあったから、若いインテリ（と自負している）心に、標準語を上等のように思ったのであろう、子供の私が、

「そうやしィ」「あかんしィ」

などというと、下品な言葉を使う、と叱られた。

他国者の母はさておき、父の若い弟妹、私の叔父叔母（みなまだ独身であった）たちも精いっぱい、東京風のコトバを使おうと気取っていたが、どうやっても追っ払えないのが語尾変化であった。もちろんアクセントやイントネーションはよけい変えにくいが、大阪弁の語尾を東京風にするというのは、むつかしい以上に、首をくくりたくなるような恥かしさがある。お芝居のセリフをしゃべらされてるようになり、言葉の生命力が失なわれてしまう。

祖父がついに、

「じゃらじゃらした怪《け》っ態《たい》なコトバ使うもんやない！」

と一喝してわが家の言語近代化運動、方言矯正運動は立ち消えになってしまった。

しかく、上方弁を上方弁たらしめているのは語尾の多様さによるとつくづく思わせ

られるのである。

標準語の会話だと、

「だ」（だよ。だな。です）

「わ」（わね。わよ）

「ね」（よね。だね）

「よ」

「ぜ」

「かい」（かね）

「よな」

ほかに、「だろう」「でしょう」、打消しの「せん」「ない」ぐらいだろうか、上方弁ではこれが二倍ぐらいにふくれ上ってしまう。そして粘稠度《ねんちゅうど》のたかい語尾が一つつくさえややこしいのに、二つ三つとうち重なってくっつき、意味を微妙に変化させてゆくのであるから、使うほうはいいが、聞きとるのが他郷人であるとまことに煩わしいことであろう。

　さて上方弁でいちばんよく耳につくのは「や」ではなかろうか。語尾だけでなく会話の中ほどに、「だ」で繋《つな》ぐところがみな「や」になるので頻出率はかなり高い。

「お医者さんはもうアカン、言わはったんやそうやけど、何や知らん間ァに持ち直したんや」

　この「や」は「そやそや」とかいうように「や」止めで終るのが多いが、この下に更に「やんか」「やわ」「やな」と変化し、推量的に「やろ」と使われるから、「やろな」も生れてくる。

〈もしわてが死んだらもらいはるやろな〉（河村日満）

という川柳の「やろな」である。この川柳では女言葉であるが、「やろな」は男も使い、「そやろな」といったりする。

「やんか」はやや品下《しなくだ》れる言いざまであるが、威勢がよい女言葉である。これがちょっと標準語におきかえにくい語感であって、

「誰がそんなこというてん」

「あの子やんか！」

といったりし、「じゃないか」と翻訳すべきか。私など子供のころに何か咎め立てされると、

「知らんやんかいさ！　ウチ！」

などと言い返し、何と下品なと母にチメチメされるたぐいの言葉であったのだ。

牧村史陽氏の『大阪ことば事典』では「やんか」は「やないか」がつまったもの、とある。女にも鉄火言葉があるのだ。

大阪弁でもっとも愛用される女言葉は「やわ」であろう。「やな」というと、男言葉になり、女でこれを使うのは、かなりウチウチの場合。

私は対談などで興が乗ってきてつい、「やな」と言ったのがそのまま原稿になるので、冷汗をかいて「やわ」に直したり、いっそ「です」にしたり、している。

「やな」というのは目上や親しくない人には失礼に当る。

もっとも、「や」そのものが砕けた言葉なので、気の張るところでは使わない。

「でっせ」「だっせ」「だす」という敬語が、私ぐらいの年代を境に死語になったい

まは、「そうや」をていねいにいうと「そうです」になって、半分標準語になってしまうから、「や」という語尾自体、ふだん着のもの、それで今更のように気付いたけれど、上方弁を使う若い人（言語年代では、私も若い世代に入る）は、敬語は標準語を借用し、ふだんの日常慣用語は上方弁ですませているようだ。

もっとも、上方弁には、すべての動詞に、

「はる」

をくっつけると敬語になってしまう簡便なしかけがあって、

「行きはりますか」

「いま、見てはる」

「言わはる通りします」

などと使える。これを全部標準語におきかえると、

「いらっしゃいますか」

「いまご覧になっていられる」

「おっしゃる通りします」

などと、言葉そのものが全然ちがうものにかわってしまう。上方弁では、語尾だけ標準語にして、「はる」とくっつけるという、「新式考案ツーピース仕立てキモノ」といった按配《あんばい》の言葉を使ったりしている。

「わ」は標準語と同じ使い方であるが、上方弁の特徴は男も使うことであろう。それで以て、小説を書くときは、よく気をつけないと文字の上からでは男か女か分らない。

「やっぱりいくのんかいな」

「ふん、いくわ」

などとこのへんは性差のない言葉で、はじめの「かいな」が女、「いくわ」が男でも使える。

小説を読みなれぬ読者が、大阪弁の小説は男が女みたいな言葉を使うからきらいだといわれたりするのも尤《もっと》もである。字面からみればこの「ワ」という、やわらかいニュアンスがうまくひびかないので、単に女言葉と思われてしまうが、これは男・女を超えて、人の耳に抵抗なくさわりなく、和やかにまるく入る「ワ」である。

「そんなこと言うたらあかんわ」

というとき、この「わ」は断定ではなく、気弱なる譲歩の余裕が仄見《ほの》える。もしそれ、人のいうことを断固、受けつけぬ、おのれはおのれの道をゆく、というときは、

「あかんで」

となる。「で」になると制止の意味合いも帯びて来るし、決意を示す。「したらあかんで」のほかに、

「オレ、行くで」

止めたって止まらへんぞう、という意気にもなる。

私は男が使う大阪弁の「わ」が好きなのである。男性というのは拋《ほう》っておいても、圭角稜々《けいかくりょうりょう》となりやすいものであるから、コトバから柔媚になるのは、まことに床《ゆか》しく好もしく、かえって男のよさを際立たせることになる。

「わ」を強めると「わい」となるが、これはかなり不穏な空模様であって、しかも女はよっぽど元気のいい姐《ねえ》さんでないかぎり、ふつうの淑女は使わない。「わい」

は男の専売、

「そないぐだぐだぬかすんなら、もう知らんわい！」

とタンカになってしまう。「わい」の度合いを強めると「じゃい」になる。大阪弁のバリザンボウも、「さらす」「けつかる」「こます」などと豊富で、それらを更に二つ三つと重ねて効果をたかめるという、たのしい運用法も多々あるが、たとえばかなりの莫連女《ばくれんおんな》でも車内の痴漢に対しては、

「何さらすねん、このオッサン！」

と罵《ののし》るであろう、「さらす」の語尾には、おとなしい「ねん」をつけたりする。

これが男なら、足でも踏まれると、

「何さらしけつかるんじゃい、おんどれ！」

になってしまう。女はどうしても「わい」「じゃい」が使えない社会の仕組みになっているらしい。

しかし「わいな」とくると、これは男女共通で、

「あんた、まだ飲むのん」と女房にいわれ、

「飲むわいな。なに、もうない？　買《こ》うてこんかいや。切らすな、っちゅうねん」

と男。

「あんな男のどこがええねん、いわれたかて惚れたんやさかい、しょうないわいな、ほっといてんか」と女はいう、

「そこまでイカれとったら、しょうないわな」

とまわりは匙《さじ》を投げ、この「わな」は判断に感嘆詞がくっついており、「やな」と同じような使いかたである。「わな」は客観的姿勢であり、「わいな」は主観で強い主張を示す。尤《もっと》もお軽が、〽わたしゃ売られてゆくわいな……というときの「わいな」は現代の「わいな」とちがい、私の祖母のように、

「おいしゅおますわいな」

の感嘆助詞であろう。

「ねん」も大阪弁らしくあらしめる語尾で、これまた男女共用。

「いくねん」「するねん」「ウチ、まだ知らんねん」「結婚したいねん」

「ねン」が軽く消失してしまう憾《うら》みがあると思えば、それに付け加えて、

「ねんわ」「ねんな」「ねんで」「ねャ」などと展開する。

「ねんわ」は意味をやわらげ、「ねんで」は強め、念押しになる。いったい、「で」というと、カネやんの、

「やったるでェ」

のように、なりふりかまわぬ決意を示し、峻烈なひびきを帯びる。

「それは違うデ」

のデと、

「お母ァはんにいうといたデ」

のデはちがう。「よ」の代りに使う「で」と、断固たる見解を示す押し強い「で」とのちがい。

「で」から「でんわ」「でっせ」。

「あれ、悪いけどあかなんでんわ」

などと使い、「で」が軽くなると「て」。

「あきまへんでしてンて」

「て」から「てん」「てんわ」と変化する。

大阪の川柳に

〈えらいことできましてんと泣きもせず〉（逸名氏）

というのがあり、これが、

「えらいこと、でけましたでェ」

となると、大事件である。しかしたいていの大阪人は〈できましてんと泣きもせず〉のほうに近く、もし「で」を使うならばわが難儀をむしろ感じ入って、

「ふんだり蹴ったりとはこのことやでェ」

と自分でおかしがったり、している。

この際、私の個人的嗜好で申せば、大阪弁を紙上に定着させるときは、字面の感じへの配慮があらまほしい。

耳で聞いた通りに表記すると汚い。〈大阪弁字でよむときは目が疲れ〉という川柳があるが、それは書くほうの配慮が足らぬのである。「で」なんかはことにそうで、「でえ」と書くと鈍重になり、大阪弁の洒脱が出てこない。「でェ」ぐらいであ

ろう。谷崎サンの『細雪』はこと表記法に関するかぎり、私は不満である。

「云うてくれはりましてん」

などというのも、「てン」と「てん」の使いわけ、「せんでもええて」を「ええテ」、「そないなったんやろか」も「なったン」のほうが口吻《こうふん》を伝える気がされるが、しかしそこは作家の文学的主張のよってきたるところであるゆえ、ハタからどうこういえないが、少くとも私はベタに平仮名で表記するより、片仮名の援用によってすっきり、目新しいほうがいいと思っている。「そやでえ」なんて書かれるとぞっとして、これは上方弁や大阪弁とはいえない、と思ってしまう。


小説で書くといえば、「か」も困ったものである。

上方の女の子が、

「そうか」

というときの「か」の軽さ、やわらかさ、これは文字では出ない。「そうか」と書いたのでは男言葉である。

「せえへんか」「ほんまに知らんのんか」

と女の子がいうときの「か」は、関東以北の「か」とはニュアンスが違う。これも標準語に訳しにくい語尾である。

「か」から「かい」になると、これは劃然と男性語。しかし大阪弁で語尾に「かい」を付けるのは、反語的に使う場合に限る。「誰が行くかい」などと。

「かいな」は男女共用。反語に感嘆助詞の「な」をつけたもの、また意味を強めるためのもの、――などというところであろう。

〈命まで賭けた女てこれかいな〉（梅里）

「がな」となると「かいな」の飄逸《ひょういつ》味が失せ、野暮《やぼ》にさしせまってくる。実用一点ばりとなり、心のゆとりは失なわれる語尾である。

命まで賭けた女てこれかいな、とかるい足どりでおどけるのへ、

「これやがな、そやがな」

とくると、逃げみちのない、のっぴきならぬ言いかたになり、大阪弁としてはかなり独断、弾圧的口吻《こうふん》である。

この「か」に属するものとしては、

「やないかいな」

という「むずかしい言い方」もあると『大阪ことば事典』にはある。例として、

「そこにあるやないかいな」

があげられているが、これもごくふつうに使われているもの、これは叱られた気分になる。それがやわらげられるのは、語尾の語尾にくっつく「な」のせいであろう。

「なあ」「ないか」などと、これもさまざま別れても末は滝の水、みなごたまぜに大方が「な」の中へ集約され、「や」と「な」が大阪弁の発音でいちばん多い音かもしれない。

いま廃《すた》れたのが「し」あるいは「しィ」、これは女性語で、京都の女はまだ使うが、大阪では聞かれなくなってしまった。

「あんたのこと、聞いたしィ」

「何聞いたン。誰に聞いたン」

「○○サンに聞いたしィ。この秋に結婚する、いうてはったしィ。ほんまか。言いよし」

この「よし」も、昔私が子供のころは、女児のあいだで用いられたが、いまは聞かれなくなってしまった。嫋々《じょうじょう》たる語感である。

女性語は消えていったが、男性語の、古いかたちの大阪弁はいまだに健在である。

「だッ」

「だす」

「だっせ」「だっか」

「でっせ」「でっか」

などはいまも甚だ愛用され、テレビでもよく聞かれる。

〈団体だっかと女中立ったまま〉（好郎）

という川柳があるが、若い女中さんはもう使わない。

他郷人が使い切れないのに、大阪弁の、

「なんぼや」

「だッ」

があるが、「だす」が促音便となって、「だッ」となったのであるが、

と聞かれて、

「千円だッ」

というのは、ていねいに「千円だす」といっているのである。それが他郷人には「千円だ」と耳に入り、何を偉そうにいうてるのや、と不快に思うであろうが、それはちがうのであって、元気がよすぎてつづめてしまうので、「だッ」に力が入ることになる。これなど表記にはことに神経をつかうところで、どうしてもここは、

「千円だす」あるいは、

「千円だス」または、

「千円だッ」

と表現したいところ、

「千円だ」

では不正確で、大阪弁に対する省察不十分といわねばならない。

このほか、

「のん」（疑問、質問）

「へん」（否定、打消）

などあり、

「行かへんのん」「見ィひんのん」

などと、これも女性語尾であろう。男なら「行かへんのんか」となる。

ついでにバリザンボウのさきの言葉「さらす」「けつかる」「こます」にはそれぞれ、命令形があり、

「さらす」は、「よう見さらせ」

「けつかる」は、「おぼえてけつかれ」

「こます」は、「やってこませ」

これらのうち、「こます」だけは自分の動作につける悪たれ口である。

「いうてこましたった」

などと使う。

語尾の玄妙な働きを考えていて、ふと私は思い出したのだが、映画の『細雪』(一九八三年)の中で、次女の雪子(吉永小百合さんが扮している)が薄暗い上本町の旧家の、大きな台所で一人立っている、ちょうど出かける前で、盛装して湯呑みを手にしているのだが、ふと、

「チッチー」

と指で歯をせせる場面があった。これは原作にはない場面のように思う。市川崑監督は美しく盛装した旧家のいとはんに、そういうハッとするような人間くさい淫《いん》靡《び》な不作法を重ね合せ、存在感を強めていたように思う。

語尾の多様な変化と発展、その用法は、結局、人間性にかかってくるので、これが生きたことばの面白さであろう。せっかく千変万化の語尾や助詞があるのだから、日常でも小説の上でも大いに活用したいと思うが、ともすると標準語の網にからめとられてむつかしいものである。

それからまた、気品と、生々《せいせい》潑剌《はつらつ》たるコトバを両立させることも、現代上方弁ではむつかしい。しかし現に世の中にはそういう人もいられるので、まことにコトバ

と人となりの関係は興ふかい。

けったくそ悪い——大阪弁の猥雑

上方弁——というより大阪弁を光輝あらしめているのは、さきにのべた淫風とともに、生々たる猥雑《わいざつ》さであろう。インテリ志向の岡山県人（岡山は学歴尊重の気風の強い地方である）たる母が聞くに堪えぬ、というようなコトバが、戦前のわが家では飛び交っていたのだ。輝ける下品というか、栄光の野卑というか、大阪弁のタトエには、とにかく下半身に関するもの、排泄とその周辺に関するものが多い。

私は以前、『大阪弁ちゃらんぽらん』という本を書いた中で、祖父の愛用していた、

「ビッチくそ」

という言葉を紹介したが、これは下痢状の軟便を指す。そのほか商売用語に、

「小便《しょンベン》する」（商談を解約する、取り消しする）

「ババかける」（品物は取って代金は払わぬこと）

などについても書いたが、いったい、この下品なコトバは、うちが商家だけにまったく日常語として、オトナたちは多用していた。

その中でも大阪人はことに、

「小便《しょンベン》」

に異常嗜好を有しているのではあるまいかと思われるくらい、愛着する。これは「しょンベン」と発音して頂きたい。私は小説の中で大阪弁で「小便」といわせるときは必ず「しょンベン」とルビを振るのだが、東京の人は見逃してしまい、わざわざ「しょうべん」とルビを振るから困ってしまう。それではルビを振るまでもない。ここはやはり「しょンベン」で、それも、ンでないといけない。

「あこの店は、これで三べん小便《しょンベン》しょった。げんくそ悪いガキや、目々《めめ》糞《くそ》ほどのもんでも小便《しょンベン》されたら気ィわるいやないけ。商いはげん《ヽヽ》のもんやさかいな。おぼ

えてけつかれ、あんだら、ほんまにィ」

「まあまあ、そないに、尻《しり》から出た虫みたいにいうもんやない。商いは飽きないに通ず、いうやないか。また商いは牛のよだれ、長うとぎれんと細うにつづけなあかん、小便《しょンべン》されていちいち赤目吊ってたらしょうないやないか、ババかけられるよりマシやないかいな」

と年かさがたしなめたりする。

ほんのぽっちりのことを「目々糞」というが、「あんだら」はあほんだらを早うに約《つづ》めていったもの。

「尻から出た虫のようにいう」というのは、最も卑しむべき、忌避すべき、見下げ果てた、取るに足らない、人交わりならぬ人間のようにいうことである。

この「尻」も「けつ」という場合が多いが、「尻から出た虫」というときは「しり」といっているので、戦前のオトナは、この場合、しりとけつを使い分けたらしい。

この「けつ」も大阪人の愛好して措かぬコトバである。

「けつわる」（尻《けつ》割る）は挫折して志半ばで初志を拋棄《ほうき》することをいう。そこから商売に失敗する、破産する、という意味もあるが、破産のときは大阪人は、

「バンザイする」

といったようである。むしろ「けつわる」は中途で断念、という色合が強く、孟《もう》母《ぼ》断機の教えというようなときに使うのがよろしかろう。大阪弁の孟母であると、

「なんやて。学校やめるやて。勉強途中でけつわってどないしまんねん。そないすぐ、けつわるようでは、いっかどのモンになられしまへんデ」

というところであろう。

最後のことをどんじりというが、これも、「けつからせんぐりに」というように使い、私は学校の先生に、

「けつから数えてみい」

といわれておどろいたことがある。これは女学校であった。ビリをけつというところから、最後まで完遂しないことをけつわるというのであろうか。

小学館の『日本国語大辞典』では「けつわる」は方言となっているが、古くから

使われ、ぶちまけるとか暴露する、という意味も持つらしい。『新版歌祭文《しんぱんうたざいもん》』「油屋の段」で、

〈茶碗のかはりに親方の前で。何もかもけつ破《わっ》てこます〉

とあるそう、しかしこの使い方は少くとも現代の大阪弁にはない。

けつまくる、というのはべつに方言ではなく、居直るとか、強い態度に出るとか、それまでの歩み寄りの態度を抛棄して、自説の固持を示唆することであるが、

「けつふく」

となると方言になるらしい。あと始末のできぬことをいい、大阪では、

「あいつは、けつ拭かん奴ちゃ」

「いつもワテがけつ拭かされて難儀してまッね」

などと使う。これは日常語の中に頻用される。

片腹いたいことを「けつかゆい」というと『大阪ことば事典』にあるが、これは日常語でも漫才でも聞いたことがない。また煽動することを「けつかく」というそうだが、これも私は聞かない。一部では使われているのかもしれないが、何しろ祖

父が死んでからは、大阪弁の輝ける猥雑には私は縁遠くなってしまったので。

割り勘のことを「血みどろ」というそうだが、これも死語になったのか、若い子は使わぬようである。これは猥雑というよりグロテスクというべく、欧米のオカルト映画は私には怖いよりグロテスクであるが、そんな感じのコトバで、私の趣味ではない。ユーモアともいえない。ユーモアというなら、祖父がよく使っていた、「イカキ（笊《ざる》）に小便《しょんべん》」「砂地に小便《しょんべん》」のほうが面白い。とんとたまらぬ、の大阪のシャレ言葉で、「儲かりまッか」といわれて、

「イカキに小便だス。溜まりまっかいな」

と応酬するのである。

「小便《しょんべん》たれ」は未熟な、とか稚拙、若輩、など発展途上人を指していうことばであって、「小便《しょんべん》たれ芸者」などはいまも生きている。江戸時代にはわざと寝小便しておいとまを出され、支度金をせしめてまわる小便たれ妾《めかけ》があったそうであるが、「小便《しょんべん》たれ芸者」は芸の未熟な、即席の安芸者をいう。

私の叔父たちは二人とも写真師志望で（戦前のことゆえ、写真家というものではなく、スタジオを構えて町内の人がお正月や入営・出征、葬式・結婚式に写しにきたり、出張して写したりする、そういうのは写真師というべきもの）祖父に写真技術について議論をしかけたり、していた。祖父は明治二十年代だか三十年代だかに横浜へ写真技術を習得にいった。大阪の写真師は長崎の上野彦馬《うえのひこま》の系統が多いといわれるが、祖父は下岡蓮杖《しもおかれんじよう》の系統のようである。いやそれはともかく、若い叔父たちは新しいテクニック論で祖父と対立したらしい。そういうとき祖父は、あたまごなしに、

「何をこの小便《しよんべん》たれメが」

といったりした。

「小便《しよんべん》たれ」は名詞であるが、形容詞になって「小便《しよんべん》くさい」となると、未成熟な、とか一抹の青臭味がぬけきらぬ、という意味を帯び、「小便《しよんべん》くさいガキが」とつづけられたりする。

日本の芸能界はつねに「小便《しよんべん》くさい」タレントばかりもてはやされる気味があ

り、この「小便《しょんべん》くささ」は異常である。松田聖子サンなども、可愛いから私は好きであるが、やはりもう十年後二十年後をみたいと思う。今の時代ではどこか「小便《しょんべん》くさく」、熟女の魅力とはいえぬわけである。岸恵子サンとか、有馬稲子サンとか、になるともうちゃんとしたオトナで、これはどっから見ても「小便《しょんべん》くさい」とは申せない。

小便《しょんべん》で思い出したが、

「センチ虫が槍《やり》立てて京へ上《のぼ》る」

というのも、オトナがよく口にしていた。センチは雪隠《せっちん》で、便所のことを祖父母はセンチといっていたが、父は「はばかり」であった。母は「お便所」、昔は汲取《くみとり》式であるから下がまともにみえる、便所に湧《わ》く蛆虫《うじむし》がセンチ虫である。

センチ虫が出世して殿様の行列のように槍持《やりもち》を従え京へ上る、などということはあるものではない。「世にありうべからざることをいう」と『大阪ことば事典』にある通り。

手相に「ババつかみ」というのがあって、これはどういうのをさすのか分らぬが悪い手相だそうである。その反対に富貴を約束されるのは「桝《ます》にぎり」といい、父がそうだと母はいっていたが、その父は四十四で若死にしたからあてにならない。「センチ虫」「小便《しょんべん》たれ」といい「ババつかみ」といい、大阪人にはしかく、スカトロジストが多いのかもしれぬ。これにくらべると奄美《あまみ》方言のほうがよっぽど品《しな》高き風がある。奄美では尻のことを「まり」という。『古事記』にある「くそまる」の「まり」である。小さいかわいいお臀《しり》は、

「まりっくゎ」

と呼び、すべて「くゎ」というのは奄美では、おのが心地に愛しいと思うものにつける助詞である。「まり」というのは古風ゆかしく、音もなめらかでよい。「ババつかみ」や「小便《しょんべん》たれ」と比較にならない。

もうこうなれば「センチ場の火事」でいってしまうが――これも昔のオトナの愛用語で「やけくそ」という意味である――商売人がいくらあがいても儲《もう》からぬときは何というか。

「女のふんどしですワ」

と泣くのである。その心は食いこむ一方というのだそうで、これは私が若年のみぎり、商店に勤めていて耳にタコができるほど聞いた。

男たちは高らかにそれを言い放ち、泣く代りにやけくそ笑いする。群小の町メーカーたちが集金に来て嘆願哀訴《たんがんあいそ》してても金がもらえぬときは、

「淋病やみの小便《しょンベン》で、こら、出そうで出んわ」

などといったりし、バッチイこと限りなし。

私の勤めている店は後半、島の内へ移転したが、はじめは梅田新道《うめだしんみち》にあった。いまは道が広くなり、パリかニューヨークかというようにハイカラになったが、市電が通っていたころの「梅新」は、映画館やたべもの店が櫛比《しっぴ》して庶民的な盛り場であった。土曜の午後なんか、通行人が店の前を人波打ってどよめいてゆく。

ガラス戸越しに男たちはそれをながめ、

「うわ。鬼の反吐《へど》やな」

という。

人だらけ、というシャレである。実際、どうやったら、ああも汚い比喩や形容を

考えられるかと思うばかりである。呆れるのを通り越して感心してしまう。

口銭《こうせん》を取ることは「下駄はく」だが、この口銭が高いと、

「えらい高下駄はきゃがって」

になる。原価で売って利がないときは、

「ウチ、ハダシで勉強させてもらいまっさ」

という。

「ま、それにヒゲ生えたくらいの値ェやったらかまへん」

といったりして、その形容も何と無《の》う、ワイセツな語感である。また、これは商売用語に限らないがさっぱりワヤになる、決定的な打撃を与えられる、完膚《かんぷ》なきまでどやされるというような状態を、

「ド壺にはまる」

といういい方もあり、ド壺というのは、肥料壺《こやし》、畑の中なんかに埋めてある、糞尿を貯めた壺である。私たちは子供のころ、キツネにだまされて肥料壺にはまりこみ、「ああええお湯やなあ」と陶然としていた男の話などをよく聞かされていたの

で、大阪の下町にいて「ド壺」など知らないのに、何となく感じがわかるのであった。たぶん、それは、汲取式便所のせいもあるかもしれない。

ところでこの「ド」ぐらい大阪人に愛される音はなく、

「ド阪神め！　ヤクルトなんかに負けくさって」

などと使う。女のことを「メンタ」というのは罵言のきわまれるものだが、もっと意味を強めたいときは「ドメンタ」という言い方もあり、

「じゃかっしゃい！　ドメンタが口出すな！」

と一喝されると、かなりの女権闘士も一瞬ひるむすごみがある。「じゃかっしゃい」は「やかましいわい」のことで、漫才では折々、「じゃかっし」と相方《あいかた》を制したり、している。

ドメンタにつづき、ドスベタ、ドタフク、など、女をとっちめる語も少くない。ドタフクは、「ドタマ」同様、「お」が約《つづ》まって「ド」にとって代られたもの、

「ドタフクめ、大《お》っけなドン尻《けつ》しやがって」

などと通りすがりの男にからかわれたら、女も黙ってることはない、

「おお、ドン尻《けつ》がどうした。ドタフクでもヘチャでもあんたの女房《よめはん》やあらへん、気《き》儘《まま》八百の悪たれ口ひろげてる間ァにおのれ見てみい、いうねん。泥たんぽの亀みたいな間ぬけた顔して、ババたれ腰して女のあとついて歩いて。ボヤボヤしてたらお定《さだ》みたいに切りちゃちゃくったるデ、ちょっと、誰ぞハサミ持ってへんか！」

とけつまくって、かましてやればよい。男は手で前を押えて、「舞い舞いこんこ」して逃げてゆくであろう。女はうしろから、

「ドチクショ！」

とどなってとどめの一撃、男は内心、

（ド壺にはまった……）

と要《い》らざるチョッカイを後悔する。こういうのは「クソミソや」といい、クソ力《ぢから》、クソていねい、などと、「クソ」のつく語も果《はて》しなくある。

「クソ結び」というのは、めったらやたらに頑丈な結び方のことだそうであるが、これは私は聞いたことがない。

私は小さいときから、

「ハナベチャセイチャン」

と家族に呼ばれ、そう呼ばないのは父と母だけであったが、祖父が、面目丸つぶれなどというとき、よく、

「えらいハナベチャや」

といったりしていた、すると叔母たちは私を見て笑うのである。面目は鼻のたかさにかかわるらしい。鼻を高くする、という言葉があるから、ハナベチャはその反対になる。

しかし今では私にとって、なつかしい感じのコトバになり、これは猥雑には思えない。人肌なつかしいコトバである。

大阪弁で、耳に美しくひびかないのはほかに「どぼづけ」がある。これはぬかみそづけのことでどぶづけ、という女もいる。これは京都でもどぼづけというらしい(『京のおばんざい』大村しげ氏)。しかしいまの若い主婦は、みな、ぬかみそづけといっており、やがて「どぼづけ」も死語になるであろう。私もぬかみそづけといっ

ている。私は、夏はこれがあったら、ホカのおかずは要らないというくらい好きなので、夏になるのをまちかねて作るが、しかしいまの若い世代の家庭には、ぬかみそづけのない家が多い。「どぼづけ」が死語になるはず。

「じょらくむ」という大阪弁がある。これはあぐらをくむことだが、やがてこれも死語になってゆくであろう。若い男性が使っているのを聞いたことがない。じょらは「常座《じょうくら》」から来たのではないかと、牧村史陽氏は推理されているが、江戸期の読物には平座と書いてじょらというルビがあり、古いコトバではあるらしい。じょうらくむ、ともいうが、祖父や父は「じょらくむ」と短くいっていたようだ。私は若いとき、これを古くからあるコトバと思わず、何で大阪弁というのは「キャラシイ」コトバばっかりやろう、と思うていた（このキャラシイ、は、イヤラシイの子供ふうハヤリコトバであった）。「じょら」というのが「じゃらじゃらした」と音が似通っているので、何かワイセツなことが暗示されているように思ったのであった。常座といわれてみれば、べつにワイセツでも何でもないのだが、大阪弁というのは油断ならぬところがあり、古式ゆかしいコトバやと安心していると、とんでもないワイセツ語が入ったり、ユーモア感覚あふれる駄ジャレにあはあはと笑っていると、

「いや、これは娘の新鉢《あらばち》で、いたみ入ります」

とごくふつうの男たちが日常語に使ったりし、近代文明人としては返答に窮するところがある。大阪には明和・安永とはいわないが、文化・文政ごろの気分と二十世紀の気分がイケイケになって混交しており、大阪人自身は、どこからどこまでがワイセツで日常なのか、

「ようわかりまへん」

というところがある。

このトシになれば私はとりたてて耳にたつこともなくなったが、大阪弁で音が変化するのがある、「ヒモ」が「ヒボ」になったり、「しむ」が「しゅむ」になったりする、これも若い私にはいやであった。

若い私には標準語志向があって、ヒモ、しむ、とわざとはっきり、使っていた。祖父などは手術のことを「しりつ」といい、「人力車」は「りんりき」であった。左官は「しゃかん」、鮭は「しゃけ」

そういう大阪なまりに反撥《はんぱつ》していたくせに、私自身、つい、「冷い」を、

「おお、ちめた」

といったりする。つべたい、といういいかたもある。

しかし昔も今も、どうしても標準語に直せなくて愛用するのは、

「けったくそ悪い」

これは古語の「けたいが悪い」、卦体《けたい》、すなわち気持、気色、などから来ているらしいが（「けったいな」も多用するが）、「けったくそ悪い」は縁起でもない、いまいましいという意味になる。

ライバルに恋人を奪われ、その結婚式の招待状が来たりすると、「けったくそ悪い」である。ふつうの不愉快ではない。

腹が癒《い》えぬ、どうしてくれよう、という意味もこめられ、そのいまいましさを晴

らすすべも、さし当って思いつかない、という悶々《もんもん》の状態。

ここはやっぱり、「クソ」が入ってもよい、いや入らなくてはこの悶々のやるせなさが表現できません。

「けったくそ悪い！」

とひとりごつと、少しは胸の憂いの雲も晴れようというもの。

まことに広瀬旭荘《きょくそう》の『九桂草堂随筆』にある通り、

〈京の人は矜気《きょうき》多く、大阪の人は殺気多く、江戸の人は客気《かっき》多し〉

大阪弁には殺気があるというてよい。その猥雑は言葉のルネッサンスともいうべき生々潑溂の猥雑で、それが殺気を生むのかもしれない。

はる——大阪弁の敬語

前章ではあまりに卑陋《ひろう》なる大阪弁の紹介に終ったので、今回はすこし趣きを変え、上品な大阪弁・上方弁というのを考えてみたいのだが、たとえば大阪弁の敬語など、私は標準語のそれよりもすっきりして、しかもはんなりしていると思う。京都弁のほうがすこし手がこんでむつかしいと思うのだが、どうであろうか。これは前にも書いたが（二章目の「ちちくる」）滝沢馬琴の『羇旅漫録《きりよまんろく》』に、

〈大坂は言語すこし京よりさつぱりとしたる方なり〉

とある。

いったいこの馬琴は京のほうが大坂よりずっと気に入ったらしく、京については、

三島由紀夫 石原慎太郎 全対話

三島由紀夫
石原慎太郎

一九五六年「新人の季節」から六九年「守るべきものの価値」まで初収録三編を含む全九編。士道をめぐる公開状を併録する。三島没後50年。**【文庫オリジナル】**

●860円

大阪弁おもしろ草子

大阪弁ちゃらんぽらん 新装版

田辺聖子

「そこそこやな」「ぼつぼついこか」「せいてせかん」……味わい深い大阪弁を通して上方文化を考察する好エッセイ。

「ああしんど」「あかん」「わやや」。活気溢れる大阪庶民の言葉の魅力を通し、それを生み出した精神風土を明らかにする。

●各800円

芝浜の天女
高座のホームズ

愛川 晶

シリーズ第4弾

●800円

新編「終戦日記」を読む

野坂昭如

戦後75年

●800円

軍旗はためく下に 増補新版

結城昌治

戦後75年

●1000円

漱石先生

寺田寅彦

〈文庫オリジナル〉●900円

黒死病
ペストの中世史

ジョン・ケリー 野中邦子 訳

●1400円

踊る星座
青山七恵

ここからいますぐ逃げ出したい――ダンス用品会社のセールスレディが、疲労と珍事件にまみれた一日を駆けぬける！　踊り出したら止まらない連作短篇集。

●720円

魔王の黒幕
信長と光秀
早見 俊

一向一揆の撫で斬り、比叡山焼き討ち、荒木村重一族の皆殺し――魔王の如き織田信長の所業の陰には、常に明智光秀の存在が。彼の狙いは一体？

●880円

新装版
血《けつ》烙《らく》
刑事・鳴沢了
堂場瞬一

恋人の息子・勇樹が誘拐された。背後に揺れる大物マフィアの影。友を救うためアメリカを駆ける了が辿り着いた、事件の哀しき真相とは？　シリーズ第七弾。

●850円

〈夫《それ》皇城の豊饒なる三条橋上より頭をめぐらして四方をのぞみ見れば、緑山高く聳《そび》へて尖《と》がらず。加茂川長く流れて水きよらかなり。人物亦《また》柔和にして、路をゆくもの争論せず。家にあるもの人を罵《ののし》らず。上国の風俗事々物々自然に備はる。予《よ》江戸に生れて三十六年。今年はじめて京師に遊《あそん》で、暫時《ざんじ》、俗腸をあらひぬ〉

となかなか名文でほめたたえ、大坂については、

〈一体、大坂はちまたせせまく俗地にて。見《みる》べき所もなし〉

〈大坂は今人物なし。蒹葭《けんか》堂一人のみ。是もこの春古人となりぬ〉

〈京も大坂も女は丸顔多し。京は痩《やせ》かたちにて、大坂は少し骨ぶとなり。顔色《がんしょく》の美悪にいたりては、京まされり〉

とかなり点がからいようである。しかし綿密な作家的好奇心で、大坂の妓女の言葉を少し書きとどめているが、それは、

〈来たことを、おでましなされた〉

〈客のかへる時に、妓ようおこしなされました〉

といい、これは京とはちがう、とある。これでみると、かなりていねいな敬語も

すでにあったようである。馬琴が生れてはじめての京坂旅行に出たのは享和二年（一八〇二年）であった。大坂の地に足跡を印したのは七月二十四日である。伏見から船に乗って大坂へ下ったのだが、たまたま淀川の大洪水のあとで、舟行も難儀であった。舟が枚方《ひらかた》辺を通ると、このへんは有名な「くらわんか舟」の雲集するところで、「餅くらわんか」「酒くらわんか」とむらがって叫喚《きょうかん》する慣わしであるが、さすが洪水の災害の直後とて、

〈今は大《おほい》いに罵《ののし》らず〉

というさまであったそうな。しかし馬琴は売り子の片言隻語《へんげんせきご》を耳に挟んで、

〈この辺すべて言語尤《もっと》も野鄙《やひ》なり〉

と断じている。馬琴の言語感覚の美意識に基準があって、くらわんか舟は斥《しり》ぞけ、大坂妓女のていねい語は好もしく耳に入ったらしい。

ところで、客の帰る時に、「ようおこしなされました」というのは、これは現今と反対である。百八十年あまり前と現代では、使いかたがあべこべになっている。

現代では客がくると、それを迎えて、

「ようお越し」

という。「おいでやす」ともいうが、「お越しやす」も、現代商人に用いられている。客の帰るときに「ようおこしなされました」というのは感謝の意も含まれていて、使いかたはまちがいではないけれども。

では現代で客の帰るとき、どういって送り出すのだろうか。

小売商などでは、

「毎度大きに。またどうぞ」

といっているようであり、料亭やキャバレー、バー、その他客商売の店では、

「大きに。またどうぞ、お近いうちに」

といっているようである。この挨拶の心持には「ようこそ、お越し下さってありがとうございました」という気分があるので、感じとしては、享和の妓女の「ようおこしなされました」と等質であろう。

「どうぞお近いうちに」といい、「ようおこしなされました」といい、余情のある、

しおらしくもやさしい送り出し言葉ではあるまいか。

では一般家庭で、家族を送り出すときは何というか。現代では一律に標準語化して、

「いってらっしゃい」

であると思われるが、私たちが子供のころは、父・祖父などが家を出るときは、

「お早うおかえり」

であった。

祖母から女中《おなごし》さんにいたるまで「お早うおかえり」の合唱をうけて、祖父は家を出る。子供も外へいくときは「お早うお帰り」と送り出される。返事のほうはかなり新しくなっていて、「いってきます」である。これも古くは、

「いて参《さん》じます」

になる。「お早うおかえり」に対するには、大阪弁としては、「いて参じます」にならねばならぬ。しかし昭和十年代の「昭和の子供」は、すでに「いってきます」になっていた。

祖母などは家を出るとき、

「いて参じます」

と祖父に挨拶していたようである。祖父は「うむ」とも「おう」ともつかぬ声で返事して、傲慢にあごを引いているだけで、「お早うおかえり」とはいわない。

女中《おなごし》さんがお使いなんかでゆくときは、

「ほな、ちょと、いて参じます」

と小腰をかがめ、祖母は、

「行っといなはい」

と鷹揚《おうよう》にいっていた。また女中《おなごし》さんのお休みの日とか、折を得ての遊山《ゆさん》に連れていってもらう、というようなときであれば、女中《おなごし》さんは「行かせて頂きます」という祖母は、

「ゆっくりしといなはい」

といい、女中《おなごし》さんや若い衆に対しては、

「お早うお帰り」

は使わなかったから、これは目上とか、ことに親昵《しんじつ》する関係に使ったものであろう。祖母が祖父や父を送り出すときは、

「お早うお帰りやす」

とていねいにいっていた。

この言語のニュアンスを解さない他国人が聞くと、早々と帰宅を強制されたように聞えるかもしれないが、そうではなくて、たとえば楠本憲吉氏の『船場育ち』（PHP研究所刊）によると、「お早うお帰り」は、

〈無事に仕事を終えて帰ってきて下さいという温かい思いのこもった言葉である〉

ということになる。

これには私はおかしい思い出があって、昭和四十年代のはじめ、私が結婚した相手は神戸在住で、家族のうち半分は神戸生れ、神戸育ちであった。この神戸というところは、大阪とは文化習俗言語、コロッとちがう。一口に阪神というけれど、大阪言語圏は尼崎《あまがさき》市までで、武庫川《むこがわ》を渡ると西宮《にしのみや》市以西は、神戸言語圏というより、むしろ、播磨《はりま》言語圏である。

大阪ほど微細にして変幻きわまりない言語文化は育っていないので、その間隙《かんげき》を標準語が蚕食《さんしょく》しかかっているという風情である。芦屋あたりの「箱根越さぬ東京弁」というのはそのへんの状況を物語るものであろう。

だから私の婚家の、神戸の下町でも、方言にない部分はどんどん標準語になっていて、「イッテラッシャイ」が定着していた。

私はつい昔風に、小学生の子供が「イッテキマス」と登校するときでも、

「お早うお帰り」

といってしまって、子供たちはびっくりして廻れ右して帰って来、

「何かあるゝ？」

といったりした。

そういえば、大阪弁では、食事が終って、

「ごちそうさま」

という人に、

「よろしゅうおあがり」

という。老人のいない核家族では、もう聞かれなくなった言葉かもしれないが、私なども子供のころから、「よろしゅうおあがり」または「よろしゅおあがり」を聞いて育ち、婚家へいってもついそのクセが出て、子供たちにいうものだから、子供たちは眼を丸くして、

「まだ何か、出るン？」

これもおかしかった。百八十年前の大坂の妓女が客を送り出して「ようおこしなされました」というのと同工の言葉づかいであろう。その心は、――さしたることなき食事をご機嫌よくおあがり下され、ありがとうございました――とでもいうものであろうか、食事を供するあるじ側の心持から発した挨拶である。

ところで上方弁の敬語でもっとも普遍的なものは、「はる」という補助動詞だと第三章（「そやないかいな」）に少し書いたが、これこそ上方弁を上方弁風にあらしめるもので、すべての動詞にこれをくっつけると、即《そく》、敬語になり、簡単で、しかも柔媚に聞かれる。京・大阪、これは同じ。

この「はる」は武庫川を渡ると消滅してしまうのである。播磨言語圏に入ると、

「……とってや」

という敬語になる。「言うとってや」「しとってや」「聞いとってですか」「知っとって？」

私が婚家へ入っていちばんびっくりしたのは、家族の小さな子供が「先生がいうとった」ということであった。「いうとってや」より更に品下《しなくだ》る。もっともことばの習慣と共に世代の差もあるのだから、いちがいに品下るともいえないが。

「はる」は牧村史陽氏の『大阪ことば事典』によると、「なさる」から来ているという。「ナサル→ナハル→ハルと約《つづ》まったもの」で「サ行がハ行」に転訛《てんか》するのは〈最も上方的な音声変化である〉とのことである。東京の人は大阪へ来て質屋の看板に「ひち」と書いてあるのに驚くが、これも「シチ」が「ヒチ」と訛したもの。「行きましょう」が「行きまひょう」となるのもこのたぐいだそうである。「しつこい」が「ひつこい」になるのも同じ。

それはともかく、「はる」をくっつけると、ことごとく敬語になるという仕組み

は楽でいい。

「お芝居にいきはった」「聞いてはりますか」「笑《わろ》てはる」「遊んではる」「走ってはる」……。

久保田万太郎に、

〈ぎょうさんに猫いやはるわ春灯《とも》し〉

の句があるが、ぎょうさんは、たくさんという意味、先の楠本さんによれば、氏は船場の老舗の料亭「灘萬《なだまん》」の長男として生れられた方だが、ことばづかいにはことにやかましく躾《しつ》けられ、隣近所の飼猫に対して、

「ネコがいる」

というて叱られた記憶があると『船場育ち』にある。ご近所の猫だから、

「ネコいやはる」

と敬語を使え、と叱られたよしである。これは前田勇氏の『大阪弁』（朝日新聞社刊）にある話だが、終戦直後出版された雑誌に、船場のいとはんたちの座談会が載っており、それによれば、船場では、自宅の犬猫にも敬語を使い、

「うちのミーちゃん、死なはった」

といったそうである。前田氏はそのくらいありそうなこと、といっていられる。氏が実際に耳にされたのでは、

「お向いに泥棒がはいらはったんやテェ」

と場末のおかみさんがいっていたそうである。

しかし、現代では「はる」は活躍してはいるものの、さすがに猫に「はる」ということもなくなった。終戦からでも茫々四十年を閲《けみ》し、閑雅柔媚な上方弁は次第に擦り切れていっているようであるが、さすがに、ここが擦り切れては上方弁は消滅してしまいます、という感じで「はる」は残っている。

この「はる」は敬語ではあるが、どこへでもくっつく簡便なものであるかわり、敬語としては中級ぐらいのところで、もっと勿体ぶっていう言葉はいろいろあった。たとえば「見る」は「見はる」であるが、重々しくいうと、

「ご覧《ろう》じます」

ご覧じやしておくれやす、ご覧じなしたか、これらも早く死語になってしまい、

いまでは「はる」一辺倒である。

この「はる」は敬語ではあるものの、その持味のあまりの軽さに、横すべりして、ちょいと軽侮をひびかせることもある、それも親愛感にみちたものであるが……。古い映画の『夫婦善哉《めおとぜんざい》』（一九五五年）の例を、前田氏は引いていられるが、淡島千景の蝶子と、森繁久弥の柳吉が熱海で関東大震災の地震にあう、そこのシーンでシナリオライターの八住利雄氏は、

蝶子〈ゆ、ゆれてはりまっせ〉

柳吉〈落ち着け、落ち着け〉

と原作にないセリフを創造されている。この地震に敬語をつかうことにつき、前田氏は、〈こわいものの筆頭だから、敬い奉ったのであるか〉と諧謔《かいぎゃく》していられるが、敬語と軽侮の距離はあんがい短く（「荘厳と滑稽は紙一重」というアフォリズムを想い出されるとよい）、そういう使い方をするのに、「はる」という手軽さが、

まさにぴったり、なのである。

先年、鹿児島の桜島へいって、さかんに噴煙を上げているのを見て、私は思わず、

「えらい噴《ふ》いたはる」

と言いたかった。

動かざること山のごとし、というタトエにされるぐらいの山が、とどろと鳴り響《とよ》もして煙を上げるのをみると、さながら生あるもののように思われ、なんぞ怒ってはるのんちゃうか、という気になり、「えらい噴いたはるデ」となるのである。

フランク永井の「こいさんのラブコール」（作詞・石浜恒夫）という唄があった。

これには、

〽なんで泣きはる

　泣いてはる……

というのが出てくる。流行歌や演歌に敬語が使われることはあまりない。〈あな

た変りはないですか〉（「北の宿から」作詞・阿久悠）〈知りすぎたのね、あまりに私を〉（「知りすぎたのね」作詞・なかにし礼）のように、敬語が入るとわずらわしくなるようである。

しかし上方弁の敬語だと、すんなりと歌の情感に溶けこみ、耳ざわりもよい。敬語が耳ざわりになっては、使うほうもぎごちなくなるであろう。これも前田氏の引用例だが、昔、柳家三亀松《やなぎやみきまつ》が、大阪の寄席に出演し、ポルノまがいのどいつを歌って、

「おとなよ、想像しろ」

と客席に命令した。

これは東京なら、どっとうけるところであるが、大阪ではシーンとしてアカンかったそうである。

大阪で命令形の「しろ」を使われると、一応、聞くものはムカッとするであろう。〈何ン吐《か》しけつかんねん〉という反撥をひきおこしてしまう。

大阪弁で「想像しろ」というとなれば、

「想像しなはれ」がていねい語。

「想像しんかい」

以下、「しィ」「しィや」「せェよ」

三亀松師匠の口吻《こうふん》を翻訳するなら、

「おとなやったらナー、ま、想像しとくなはれ」

してんか、というのもいいが、古きよき芸人なら必ず敬語になるから、

「しとくなはれなァ」

ぐらいであろうか。それを「想像しろ」といわれたのでは、大阪人はギョッとなるであろう。

私が子供だったころ、家には若い叔母が二人いた。下の叔母はまだ女学生であった。私はこの叔母にいつもまつわりついて、女学校の制服にさわったり、黒い絹くつしたを穿《は》かせてもらったりして喜んでいた。ある日、叔母は学校から帰るなり、自室の三帖間で、セーラー服も脱がず、しくしく泣いていた。

私ははいってはいけない気がして、そろりと階段を下り、台所の母に、

「ヒサコねえちゃん、泣いてはるしィ」

と訴えた。

叔母は乳腺炎で乳房が痛んだらしいのだが、戦前のうら若い乙女のことゆえ、

（お乳房《ちち》のトコ、痛いねン……）

ともいえず、しくしく泣いていたらしいのであった。そのあとの記憶はないが、

「おねえちゃん、泣いてはるしィ……」といった私自身の言葉は奇妙におぼえているのである。家族の内でも年長者にはみな「はる」をつけ、年下の弟・妹、女中《おなごし》さんや店の若い衆には、

「しやる」「してやった」「言いやった」「泣きやった」

であった。祖父が家族の中で敬語を使うのは曽祖母にだけで、口吻《こうふん》は荒っぽくても、

「なにいうてはりまンね」

と敬語であった。この祖父は釣の趣味もあり、私が筆箱をほしい、セルロイドの

キューピーがほしい、などというと、しばしば、

「よしよし、釣ってきたる」

と冗談をいった。おしゃまの小学生たる私はすぐ口答えして、

「おじいちゃん、釣ってきたる言いはってもナー、キューピーは海に泳いではらへん」

といい、このキューピーに関する「はる」はユーモア感覚の軽侮的敬語である。子供ながらにそのへんの呼吸をのみこんでいるようであった。

現代で、私が耳にするへんな敬語の、ほとんど苦痛に近く不快なのは、

「行きます?」「書きます?」

などという、どこの方言ともつかぬコトバで、これは「行くか?」ともいえず、さりとて「いらっしゃいますか」と改まった標準語も使えないという、言葉数の貧弱な人が、むりやり敬語らしくみせかけているものである。

こんなのは簡単に「行きはりますか」といえば上品な敬語になるのに、大阪にいながらわざわざ、よそいきのコトバを使おうとして、どこのものともしれぬヌエ的

な敬語になっている。

このあいだ、ぼんやりと、祖母の「いて参じます」というていねいなコトバを思い出していて、「大阪弁は二度、無意味に重ねるからおかしい」というある人の説があったが、行く、と、参じる、とたしかに二つ重なってはいるものの、これもごく普通の日用語では、

「いってきます」

というのであるから、日本語というのはもともと、ていねいにくり返しいう性癖があるのかもしれぬ。

それからまた連想したのだが、戦争中、神風特攻隊の勇士たちは攻撃に進発するとき、

「いってきます」

とはいわなんだそうな。いってくる、というのは行ってまた戻ることになる。彼らは挙手の礼をしてただ一語、

「いきます!」

といったのであった。哀切な話である。

〈いきますと言ひて生還期せざりし
　わが海鷲の心に泣くも〉

戦争中にみた歌で、詠み人の名を知らない。

言葉が理詰めに分析され、寸断され、さかしらに用いられるところには、平和も伝統も消えてゆく。言葉は変り、移ってゆくものであるけれど、人々の耳にそれが快くやさしくひびき、舌にのせやすい限りは、昔ながらに愛用頻用していきたいものだ。

タンノする――好もしき大阪弁

さきの敬語にひきつづき、今回は私の好もしき大阪弁（上方弁）など考えてみることにする。

上方弁に、いかにも上方弁らしき匂いつけをするものとして、敬語のほかに、ていねい語、おんな語、小児語などの、やさしい言葉がある。

これらにはしばしば「お」がつくが、下の言葉を半分にとどめて、すっかり言わない習性があって、これが当りがやわらかくていい。

「襁褓《むつき》」のことを「おむつ」

「腰巻」のことを「おこし」

「にぎりめし」のことを、「おにぎり」ともいうが、もっと普遍的には「おむすび」

「炬燵《こたつ》」は、大阪では「おこた」

「沢庵《たくあん》」とは大阪ではいわないで、「香《こう》の物」からきたのであろうか、「おこうこ」

「汁」は前にも書いたが、「おつゆ」または「おつい」となり、味噌汁は「おみそのおつゆ」である。

「かやくごはんに、おすましか卵のおつゆでもしまほか」

「いや、寒《さぶ》いよってに、かすじるでもしてもらおか」

などというときは「しる」になるが、これが「お」がつくと、「おしる」とはならないで、「おつゆ」となる。

かやくごはんというのは、炊《た》きこみ御飯のことで、ごもくめしともいうが、元来、ごもくはゴミのことで、いろんな種類のものがあつまっているからいうたのであろう。大阪弁のシャレ言葉に、「川の中のゴモクで杭《くい》にかかってる」というのがあり、「杭にかかる」——「食いにかかる」から、食べるに追われる忙《せわ》しない生計《たつき》、あるいは、みないっせいに箸を使っているさま、などの描写に使用したりする。

しかし私の子供のころはごもくめしとはいわず、祖母たちは「かやくごはん」とよんでいた。ごもくとくれば、

「ごもくずし」

という。ごもくずしという言葉は、わが家でもよく使われたようである。

これはおおむね、春のご馳走。

ごもくずしは春に食べ、かやくごはんは秋に好まれる。春は鯛、——これは大阪の名物。陽春から初夏、瀬戸内海へ鯛が勢よくのぼってくる。色は桜色にほんのり染まり、肉はしまって脂がのる。これを桜鯛《さくらだい》と称して、この時期を「魚島《うおじま》」という。昔は、お世話になった家へ、魚島のときに桜鯛をとどける風習があり、この季節の鯛に大阪びとは愛着したものであった。谷崎潤一郎の『細雪』の中で、幸子が夫に、魚は何が好きやと聞かれ、〈そら鯛やわ〉と答えて夫を失笑させるくだりがあるが、凡なる趣味と嗤《わら》うなかれ、そのかみの魚島の桜鯛は、ほんとに天下一品だったのである。

——ともかくその鯛も出まわる、鰆《さわら》に海老、海の幸もゆたかな春、これはすしめ

しに飾ったりまぜたりして賞味せねばならぬ。椎茸や高野豆腐などをこまかく刻んで味つけしたものも混ぜあわせ、さて出来たのが「ごもくずし」で木の芽を香りたかく上に乗せ、金糸卵や紅生姜で飾る（この節の売りものには、さくらんぼの缶詰などをのっけているが、あれは邪道というべし）。

ばらずしともいうが、春はごもくずし、と思いこんで私は育ってきた。

初秋、肌寒くなると、暖いかやくごはん、「かやく」はたねとかゴタゴタはいってるものを指し、「加薬」なる字をあてているが、この炊きこみごはんの、お釜の蓋をあけたとたん、いい醬油の香りと湯気が顔に当る一瞬の幸福感はいうべくもない。薄揚《うすあげ》に、にんじん、里芋、こんにゃくなどを小さく刻みこんで昆布やかつおを抛《ほう》りこみ、米といっしょに、うすくち醬油で味をととのえてたく。かやくめしが名物の大阪ミナミの「大黒」では白味噌のおつ
いと食べさせるが、白味噌汁にもよくあう。

「雑炊《ぞうすい》」は「おみい」で、「粥《かゆ》」は「おかいさん」。

芋がゆのようなときは「お芋のおかいさん」といったりし、大阪では筋骨たくま

しい男でも、

「腹具合、怪《け》ッ体《たい》やよってに、おかいさんでもたいてもらおか」

などと柔媚なことばを口に上らせたり、している。総体に大阪弁が適《あ》うのは男のほうである。たけだけしく、剛《こわ》い男たちが、

「おつゆ、もういっぱいお代りしてんか」

だの、

「また、かやくごはんかいな、ワシ、白いごはんがええ。おかずはおこうこ、、こでええさかいに、白いごはんにしてんか。大事《だん》ない、大事ない、おこうこあったらええ。ついでに丸干ないか、ちりめんじゃこに大根おろし、ちゅうようなもんあったらええねん。かやくごはんも、時折《あいさ》に食べるんやったらええけど、三日にあげず、いうのんは、かなんな」

というたりしている、そのさまが、剛と柔《じゅう》のとり合せよろしきを得てよい。

しかし今日びは女のほうが剛毅果断である場合も多く、これからはかえって女には上方弁が似合うてくるかもしれぬ。

ちなみにいうと、なぜか男は、ごはんの中に「具《ぐ》ゥ」や「かやく」の入ったものは好かぬ人が多いらしく、「白いごはん」所望者が多い。私の夫なども「かやくごはんは女の食うもの」といい、「オナゴは雑食性や」といったりする。

炬燵《こたつ》をおこたというのもやさしくて好きであるが、このごろは「ホーム炬燵」などという名詞が普及したため、「おこた」がすたれはじめた。昔もやぐらこたつといったけれども、ふつうにはおこたという。

「どうぞ、おこたへお入りやしとくれやす」

と女あるじは客にすすめ、

「おこた、ぬるいことおまへんか」

とおこたぶとんをはねのけて、土のかまどのようなおこたの中の火入れをひっぱり出し、灰の中に埋《い》けてある炭団《たどん》を、真っ赤にいこった新しいのと代えたり、していたものである。

「ホーム炬燵」と同じく、デパートなどへいくと、売出商品のビラに、

「ベンベルグ腰巻」

なぞとある、あれも商業主義が大阪弁を駆逐した例である。昔は腰巻とは決していわなかった。みな「おこし」といっていたのだが、商品ビラに、「ベンベルグおこし」とは書きにくいであろう。

すべて大阪弁は漢字や漢語に圧縮、翻訳されると匂いを消してしまうので、どこまでも本来、口語次元のものである。また文語次元にはなりにくいようである。

おこしで思い出したが、大阪には「おこし」というのはいま一つ、浪花名物・粟おこしというのがある。これが岩のように固いので大阪人は「岩おこし」といい、私が子供のころ、町内でお葬式などあると、むらがる子供たちに岩おこしを供養のため撒《ま》いてくれる。

「いいわこしもらいにいこ」

と子供たちはいい、この「いわこし」は「岩おこし」の約《つづ》まれるもの。

この岩おこしの起源は古い。小学館の『日本国語大辞典』には〈元禄初年に大坂の道頓堀の辺で売り出されたといわれる〉とあり、いまに有名な、ミナミの二つ井戸の「津《つ》の青《せい》」が、そのころからの名物であったらしい。岩粔籹《おこし》、もちごめや粟《あわ》を蒸し、飴《あめ》や黒砂糖で固めたもの、岩おこしというだけあってかたいが、材料が米だけに、ものなつかしい味があとを引き、ポリポリと食べてしまう（近年は味もバタくさいのをとりあわせ、モダンな種類もつくられている）。

このおこしには包み紙に梅鉢の紋がついていて、いうまでもなくこれは天神サンの紋どころ、岩おこしと梅鉢については伝説があって、その昔、菅公が筑紫へ流されはったとき、天王寺で船待ちのあいだ、土地の人がつれづれをお慰めするべく、おこしを差しあげた、それで菅原道真《みちざね》公はたいそうお喜びになり、梅鉢の紋をゆるすと仰せられたそうである。

菅公に関する伝説は、大阪には仰山《ぎょうさん》ある。私の生れた福島も、もとは餓鬼島という名であったそうな。たぶん、施餓鬼《せがき》の供養をした岬のような土地だったのであろう。難波江の八十島《やそしま》の一つだったにちがいない。菅公がここで筑紫へいく船を待っていられたところ（菅公はいたるところで船待ちをしていられるようである）、土地の人がつれづれのお慰めに濁り酒をさしあげ、それを喜ばれた菅公は、「餓鬼島という名を福島と変えよ」とのたもうたそうである。

　これは私の曽祖母や祖母が子供たちに言い言いした伝承である。このへんの良《え》え衆《し》のウチの一軒は、その折、天神サンから拝領した小袖を家宝に伝えているということであったが、昭和二十年三月と六月の福島区の空襲の際、どうなったことやら。

　そういえば江戸の文政ごろに成ったといわれる、山含亭意雅栗三《さんがんていいがくりぞう》の、大阪天満宮の天神祭の情景を描写した『天神祭十二時』にも、この岩おこしが出てくる。「水《み》無月《なづき》すゑの五日」（いまも大体同じようなころ、七月二十五日が本祭《ほんまつり》であるが）、「申《さる》の時」というから午後三時ごろか、猿田彦《さるたひこ》を先頭に祭の行列がくり出す。物売りが見物の間を縫う。

〈もちひ、くだもの、くさ〲のもの商《あき》なひゆく中に、粟《あは》のいゝつかねたるを、さゞれ石のいはおこしと名づけ、ふたつにて価《あたひ》五文にこそあれと、胸元にさしつけゆく〉

　ほかの物売りにはどんなのがあるかといえば、

〈白き飴のやはらかなるを、汗しみたる手もと引のばし、一文にて召さば大江戸まで延びつ、二文にては長崎のわたりへもとゞき侍らん、召さずやはと呼びありく。またさぼてん（引用者註・シャボンのことか？）とかいえるものを水にひたし、細き管《くだ》もて吹《ふき》いだし、吹きなば五色の色をなす玉を得ること、目《ま》のあたりなぞ、さへづりてつゞけざまに吹きいだす。大空に玉の舞ひあがるいとうるはしきに、わらべらは心もそらに打《うち》むれ、銭《あし》もて買ひゆくも嬉しげなり〉

〈西瓜の水にひたしゝを、薄平《ひら》めに切り並べて、市岡の里に生出《おひいで》たるうへの品なり、またこは、早や桃の色濃きが、あたひゝきくあなるぞとよびたつる〉

〈こなたには、さゝやかなるはしりめくものに（引用者註・ポータブル・タンクというようなものであろうか、台所の流しのことを「はしり」とか「はしりもと」とかいう）しろがねに異《こと》なる器《うつは》を四ツ五つゝおしならべ、砂糖沢《さは》に盛りて、あふるゝばかり水汲み入れ、さへづりて、清き清水《しみづ》のいたく冷《ひ》えつるものをたふべたまはずや、とよばひいえる声さへきるゝばかりなるを、何処《いづこ》の清水にやいとぬるげなり〉

この記録は上品な雅文で以て綴られているが、同じことなら、文政の大坂弁の、イキのいいところをそのままの口語文で活写してほしかったもの、せっかくの天神祭の繁華殷賑《いんしん》を描写するならば、こういう気取った文章ではアカンのである。これは「良え衆《えし》」の文章である。

良え衆というのは「良家の分限者《ぶげん》」と『大阪ことば事典』にある。私なども子供のころは、

「あの子、エエシやさかい……」

「ウチら、エエシとちゃうもん」

などといっていた。「五木の子守唄」にある、

〽おどま盆ぎり　盆ぎり

　あん人たちゃ　よか衆……

とあるのと同じであろう。よい衆がええ衆になったもので、近松の『女殺油地獄』にも〈よい衆の娘ごたちやおいへ様方〉とある。この「し」は複数ではないと

いうのが牧村史陽さんの所説である。「軽い親愛の意をふくめた接尾語」とある。

また、私の子供のころは、女中さんをお手伝いさんなどと呼ばなかった時代で、大阪では「女中さん」ともいわない。

おしなべて、「おなごしサン」である。女衆のことであろう。つまって、「オナゴッサン」。

「これ、オナゴッサンに分けたげとくなはれ」などという。

家の雑用をする下男は、「オトコシサン」であった。

近松の文に「娘ごたち」とあるように「たち」は敬称で、「ら」はやや下《くだ》る。祖母などは、

「お子たちはお三人だすか」

といったりして、「お子さんら」というのは祖母からは聞かなかった。それに反して、

「ワテらは……」「ウチらは……」

と卑称し、この「ら」はたしかに複数ではない、「……などは」という漠然とし

た接尾語である。無意味だが、あまり的確に物ごとを指摘しないという大阪弁の慣例から、何となく「ら」をつけ、

「ウチら、知らんわ、そんなん……」

「ワテら、よう言いまへん」

などと使ったりする。昔のサムライ言葉の「身共《みども》」の「共」も複数ではない使いかたである。古川柳にある、

〈癪《しやく》を押せとは過言なり身共武士〉

という「身共」もそのへんのニュアンスをふくんでいるようだ。

さてまた、さきほどちょっと書きつけた、

「大事《だん》ない」

ということばは、これも大阪弁では私の好きなものの一つであるが、早や、すたれゆくようである。

私くらいの年代がその境目か。私も使わないが、いまはもうかなりの年配の男性でないと使われないのではなかろうか。これは「大事ない」が「だんない」となま

りしもの、「かめしません」「大丈夫です」「差し支えありません」「ご心配に及びません」「支障なし」というような意味、「かめへん」「かめしません」（構《か》めへん）はいまも若い世代に愛用されているが、

「ここに居《お》っても大事《だん》ないか」

「あいつに聞かれても大事《だん》ないわい」

などというのはもうオジンか落語家ぐらいになってしまった。しかし近松的な語感で、消えてゆくのが惜しまれる言葉の一つ。

ていねい語というのではないが、好もしい語として、お尻のことを大阪では、

「おいど」

という。おいどは今も生きている大阪弁だが、もと「いどころ」から出て、それに「お」がついたといわれ、江戸の中頃に「居所」から「おいど」になったらしい。子供が尻をまくって遊ぶのも「おいどまくり」であった。

私が小学生のころも、

〽今日は二十五日
　おいどまくり　はやった……

と囃しつつ、悪童連が女の子のスカートをぱっとまくる、というようなことがあった。『大阪ことば事典』には明治末年頃まではやっていたとあるが、昭和の子供も、着物が服にかわっただけで、スカートまくりをしていたのである。しかしそれもスカートまくりとはいわず、昔ながらの古例にのっとり、

〽おいどまくり　はやった……

というのであった。あるいはこの遊びはいったんすたれ、昭和のごくはじめにまた興ったのであるか。

この二十五日というのがわからないのだが、これも菅公に関係あるよしで、菅公のお祭が二十五日であるゆえ、その日は「おいどからげ」して仕事をしてはいけない、そもそもこの童《わらべ》うたは「おいどまくりご法度」と唱《うた》いついできたものだそうな。

それはともかく、おしり、というよりは、おいど、のほうが柔く可憐でよい。大阪弁には幼児語のひびきをもつ語が多く、大人も平気で愛用するものに、額《ひたい》のことを、

「でぼちん」

顎のことを、

「あごたん」

といったりする。眉毛は、

「まひげ」

とわざわざ、言いにくいのに敢《あえ》ていい、まゆげからまいげ、更にまひげになったのであろう。

でぼちん、あごたんの、「ちん」や「たん」は愛称であろう。坊っちゃんのことをいう、「ぼんち」の「ち」もそうではないか。

膝小僧ということばはどこにもあるが、膝ぼんというと大阪弁になる。

「ひざぼんにえらい怪我しましてん」

「ひざぼん冷えはったらいけまへんよってに、これ掛けとくれやす」

などといまもみな使うが、日用語の中で、でぼちんやあごたんやひざぼんなどという、言葉の遊びのあるのが私には殊にも面白い。日用語は正確な意志伝達だけではつまらない。ごくふつうの感じで、

「でぼちんの毛ェ、もっと軽うしはったほうが、お顔が引き立ちます」

と美容院でいわれ、

「お年の具合で、あごたんに肉のつく方《かた》が、よう、いてはります。その場合は、こういう運動をなさって下さい。はい、一、二……」

と、エアロビクスのインストラクターがいう、日々《にちにち》のふだん語に愛嬌がある所が楽しい。

こういう余分な、ムダな接尾語、無意味な接頭語などが多いくせに、大阪弁は「は抜け」「を抜け」をする点が特色となっている。テニヲハを省略するのが大阪弁は大いに得意であるが、

「うち、行くわ」

「弁当《べんと》持っていこ」

などといい、「うちは行く」「弁当を持っていく」とはいわない。だから、「に抜け」もあって、いちばんよく使われるのは、

「ほん、軽うてこのラジオはええ」

「ほん、近くやよってご案内します」

「ほん、ちょっとしたもん支度しとりますよってに、どうぞ」

ほんとに、ほんに、を略して、ごくかるく「ホン」とつける。これもかるい発音で、耳にしてなかなか快きものである。

さてこういう大阪弁のよき点を並べたてていると、他国の方は、

「たんのした」

といわれるのではなかろうか。

もう十分、もう足りました、飽きるほど頂戴しました、というようなところを、

「たんのしました」

という。これはごく普通の、たとえば『新潮国語辞典』のような日常、社会人の手軽に用いる字引にも「堪能――『足んぬ』の転」として載っていて、「足りぬ」――「足んぬ」から堪能とあて字で書いたものらしい。

もう十分いただきましてすっかりおなかいっぱい、飽きました、というところを、「いやもう、タンノしました」

タンノは西鶴の小説にもある言葉で、なかなか古いものを、三百年来、大阪人は使っている。

「もうそのへんでノロケはよろし」

「そんなん言わんと、もっと言わせてえな」

「いやもう結構。タンノしたわいな」

大阪弁を私が説き去り説き来っていると、私はそのつもりではないが、他郷びとにはノロケのように聞え、タンノされる向きもあるかもしれぬ。

明治・大正の大阪弁（その一）――大阪弁の表情

今回は文章に現われた大阪弁の表情をたのしみたいのであるが、その大阪弁も、標準語で水割りされなんだころの、生《き》のままの、アルコール度のつよい明治・大正あたりの大阪弁をさがしてみたい。それも小説でないほうがよい。――尤《もっと》もこの頃、大阪弁の小説は少い。

なんで、大阪弁で書かれた小説が出なんだのであろう。大阪弁の樋口一葉や、大阪弁の谷崎潤一郎が、なんで出なんだのであろう、出版事業は江戸期、京・大坂で殷賑《いんしん》をきわめたというのに。明治・大正期は文学も中央集権化しておった上に、大阪弁を小説に定着する、という発想がなかったのであろうか。上司《かみつかさ》小剣《しょうけん》さんの

『鱧《はも》の皮』は当時の大阪の文学少年を夢中にさせたと、藤澤桓夫《ふじさわたけお》氏の書かれたものにある。この中の大阪弁は、かなり純度がたかい。

谷崎さんの名が出たからついでにいうと、『細雪』は以前に書いたように、大阪弁の表記方法がもっと多彩で、片仮名や平仮名を援用してその口吻《こうふん》をつたえていたら、と惜しまれる。『卍《まんじ》』のときと同様、地もとの大阪人に言葉をなおしてもらったそうであるが、それでも折々は、厳密にいえばこんな慣例はない、という言葉づかいがある。しかしそれは谷崎さんの、大阪弁（乃至《ないし》は大阪文化）に対する心はずみと愛情のおかげで、読者としては目くじらたてることなく、小説としての面白さに押し流されてしまうようである。

水上滝太郎さんの小説『大阪』も、本にするときは大阪の船場生れの人に言葉をなおしてもらったというが、こっちのほうは表記どころか、大阪弁そのものにまちがいがある。この小説は大正十一年に書かれているが、そのころあり得ない、東京弁と大阪弁の合の子のような言葉が頻出し、大阪人に点検してもらったにしては合

点のゆかぬところが多い。ちょっとしたところ、たとえば、

〈此の腹の中にしまっとくわ〉

という会話など、大阪人なら首をかしげるであろう、しまっとくという大阪弁はない。

「この腹ン中へおさめとくわ」

とでもいうか、「しもとくわ」

〈誰ぞ読んでしまうた人に借りてんか〉

というのは、「借ってんか」のあやまり。

大阪では「買った」といわず「買《こ》うた」といい、「かった」というときは借りたことなのである。これは致命的なマチガイ。

〈うちで物がなくなったといはれたら〉

というセリフも、これは戦前の大阪弁ではありえない、千年来の慣例として、

「物が無《の》うなったら」となる。或いはまわりくどい表現だが、

「物がないようになった」

といったりする。

お金がない、というよりも、

「お金、あらへんようになった」

と実にスローテンポである。

なんにしても、水上さんの小説は、ごちゃまぜの大阪弁で、たいそうまぎらわしく、「それらしい大阪弁」としか、言いようない。このころはまだ東京人に大阪漫才や上方落語が浸透していないから、耳に馴染《なじ》みがなかったのであろう。

べつにそんなもん、馴染まんでもええやないか、といえばそうであるが、しかしテレビやラジオで、はんちくな上方弁のセリフを聞くのが苦痛なのと同じで、大阪を舞台にして、大阪の庶民が登場しているのに、非現実的な大阪弁が使われていると興味は半減する。これは作家というより、大阪弁点検者の責任であろう。

そこへくると現代はかなり大阪弁が全国に蔓延《まんえん》して耳なれていられるせいか、大阪生れでない現代作家が大阪弁の小説を書かれても、あまり違和感がなくなった。それどころか、小林信彦氏の『唐獅子シリーズ』など、大阪人でも書けぬほど活殺自在、生気躍動の大阪弁であって楽しいこと、いわんかたなく、東京人の氏がよくもこのように大阪弁を自家薬籠中《じかやくろうちゅう》のものにされたものと、感動してしまう。表記法にもセンスがぴりっとゆきとどき、間然するところがない。

さて今回は、そんなわけで、明治・大正期の、小説家でない人の文章から、活写された大阪弁を拾ってみることにする。

小出楢重《こいでならしげ》は大阪生れの画家だが、文もよくした。最近、この人の東京美術学校在学中の絵日記が復刻されたが、小出は明治二十年生れだから、このころ二十三歳の画学生である。

この絵日記は墨で描かれているが、画の飄逸《ひょういつ》で滋味あること、才気あることはさすがである。『断雲日録《だんうんにちろく》』と仰々しい題がつけられているが、簡単に添えられた文章が、またいい。ある日、小出のおっかさんや縁者の女性たち、それに小出青年とが五人で上京する。その日は明治四十三年の春四月、小出は春やすみが終って学校へ戻るのであり、「おっかさん」らは東京見物のためである。上野停車場前の山城屋なる旅館へ入り、〈二階の表座敷に通されてやっとコセッと火鉢のぐるりに集る〉そこでおっかさんたちの評定がはじまる。〈昼めしを食ふといらぬ金をとられるから〉と、宿の女中にすぐいう。

〈もう昼御ぜんはすみましたよってに、こしらへせんとおいといとくなはれ〉

そのあと今度は茶代の相談である、

〈四人で三円つゝんまよか、女《おな》ごし（女中）仲間へ何んぼやりまひょう、壱円でよろしいやろか、そうやなァ、そうか、お茶代を二円にしまよか〉

と倹約説が出て、一同これに賛成。

小出の字はこれまた読みやすい面白みのある字なのだが、〈そうやなァ〉と、ちゃんと「ァ」を小さく片仮名にしている。

昼ごはんでなく、昼ごぜんというのも商家の内儀らしきていねいな言葉である。

〈こしらへせんとおいといとくなはれ〉は、

「支度しないでおいておいて下さい」

と二度いって敬語感覚、これが〈こしらへせんとおいといとくなはれ〉となると、「支度しないで下さい」と命令形になるのを避けたのである。〈つゝんまよか〉は

「包みまひょか」を、耳で捉《とら》えた通り表記している。四人（小出青年は下宿へ帰る）で三円のお茶代のほか女中さんへの心付けが一円となると四円の出費となる、お茶代の分を心付けに廻せば三円の出費ですむ、と女旅《おんなたび》らしいこまかい計算、ここの〈そうか〉は「それとも」という意味。

この小出の大阪弁描写はノビノビと自由で、かなり耳もいいことを思わせる。この絵がお目にかけられると面白いのだが、婆さん四人に、親知らずの歯痛に片頰を腫《は》れさせた小出青年という一行が上野から皇居、陸軍省海軍省（このへんが明治らしく面白い）と見物にいく姿などスケッチされる、小出青年は日々スケッチや作画にいそしみ、中々熱心な画学生である。まわりの人をよく写生したとみえて、女中さんなどをつかまえて、さらさらと筆をはしらせている。その年の六月のある日、棒縞《ぼうじま》の着物を着た女を描いた横に、

〈あんたの顔はとらまへどころがあれへんよってにかきにくいな〉

の注がある。大阪へ帰ってくると、小出青年の日記は生彩を帯びる。東京では郊外スケッチや学校の講義や本郷の散歩、神田の古本屋しか描いてないが、大阪の家

へ戻ると、さっそく戎橋《えびすばし》や道頓堀《どうとんぼり》風景を描き、曽我廼家《そがのや》五郎や文楽を見たりする。七月、「大やんとこの下女」を描く。頰がひどく丸くつき出た斜めうしろ向き、浴衣の女。そこへ、

〈なんぼなんでも、わたいこんな顔してまっか、もっと細《ほ》そうかいとくなはれーナ、あんたこんなことをかきなはるよってにたよりないね〉

変体仮名のまじる文章で、右のように私は書きかえてみたのだが、〈たよりないね〉は「たよりないねん」のつもりであろう。つくねたまげに頰に埋もれそうな鼻、いかにも不平をいいそうな横顔である。

大和川へスケッチにいった小出は、カンカン帽に半てんの男にこういわれている。青年もカンカン帽に浴衣、画材を肩からかけ、三脚らしきものにあごと手を支え、電車の通る鉄橋を眺めつつしゃがんで構図を按じている風、その後に同じくしゃがむ半てんの男。

〈アンタ大阪からおいなはったんかわたいもあんたと同商売《おんなじ》で

やっぱりペンキでここの工場へ来てまんね〉

これには〈大和川　七月十五日〉とある。

この左官の顔も一筆がきでいい味なのだが、その口吻《こうふん》をうつした会話も練達である。

七月三十一日、大掃除が近づいたので小出は二階の押入れを片付ける、と昔のへたくそな絵（きたない、いやな絵と小出は書いている）が沢山出て来た。

〈昔自分がかいた画とは知りつつも実になさけなくなって来た　見るのが苦痛だマシテ人に見られるのは尚さらつらい　身の毛がよだつ〉

青年は巻いた絵を小脇に抱え、走って逃げる絵、それをあとから追ってくる「柴田のおきくさん」の絵がある、おきくさんはそれをくれという。母は母でいう、〈此の頃かいてる画は何やベチャ〳〵してわかれへんけども、ここにある画は皆うまい事かいてある、金をかけるづゝに下手になる様や〉

と辛辣《しんらつ》である。小出は追ってくるおきくさんに窮してハダシで庭へとび下りたら、おきくさんもとび下りる、小出はついに便所の壺へその画を捨てるが、おきくさんは鼻をつまんでそれを拾い上げ、水をかけて乾かしたというさまがスケッチでさらさら。

この小出楢重は文展に何度応募しても認められず不遇だったが、たまたま大阪に来た広津和郎《ひろつかずお》がその絵に感心して、鍋井克之《なべいかつゆき》に二科展へ出すように示唆した。鍋井が小出にそれをすすめ、小出は文展をやめて二科展に出したのが、樗牛《ちょぎゅう》賞をもらった「Nの家族」である。

この絵は百科事典などで小出の紹介があるところには必ず載っているから、かなり知られた絵である。細ての顔で神経質そうな、煙草をくわえた帽子の男が小出の自画像だが、そのころ旧制大阪高等学校の生徒だった藤澤桓夫氏は、同人雑誌の表紙を描いてもらいに小出楢重のところへいった。そのころはもう小出は「Nの家族」から五、六年のちで、早くも大家に数えられるようになっていたが、自画像そっくりの小柄な人で、春風駘蕩《しゅんぷうたいとう》といった温かなのんびりした人柄に思えたと、『大阪自叙伝』で藤澤氏はいっていられる。

「あのう」「あのう」が話の中途にしょっちゅうはいるユーモラスな話し方で、藤澤さんは小出の「巧まざる話術の軽妙さの魅力」を書きとめていられる。東京から大阪へ帰る途中、京都をすぎてからの感じをこう話して聞かせた、と。

〈……汽車がなあ、あのう、逢坂山《おうさかやま》のトンネルにはいって、サーッと出て来よるやろ。そうしたら、あのう、とたんになあ、ワーッと雑音が耳にはいって来よるんやけど、あのう、その雑音がやなあ、一ぺんに大阪弁に変って聴え出しよるんや。大勢の、無数の大阪弁が、ワヤワヤ、ガーッと耳にはいって来て、あのう、やっと大阪へ帰って来たという実感がなあ、僕には湧いて来よるんや、いつもなあ……〉

この言い方を書きとめた藤澤氏の感性もまたみずみずしく思われる。小出サンの絵はどことなく大阪人気質の粘稠《ねんちゅう》を思わせる力強さがあるが、この、もっちゃりした大阪弁がまことにその作柄にぴったり、という気にさせられる。日記に散見する明治の大阪庶民の大阪弁に似通っている。

さてまた、大阪の通人だった食満《けま》南北《なんぼく》に『南北』という文集があるが、この人は初代中村鴈治郎《がんじろう》の座付作者として活躍した人だが、堺の造酒家の坊ンとして生れ、遊びで家産を蕩尽し（と自分でいうている）花街情緒と芝居の面白みにどっぷり浸って夢の浮橋のような一生を終えた幸せな御仁である。『南北』という文集には川柳やらエッセーやら、ごたまぜにのっているが、ここに大正中頃の大阪弁が、切れば血の出そうなイキのよさで記しとどめられている。芝居作者だけに耳がいい、大阪弁を書きとどめるには、耳が利いて目の感性が垢ぬけていてほしい。

この南北は引っ越し魔であったが、若い身をもち扱いかねて、村上浪六の書生になったり、咄家《はなしか》・桂文屋のもとに居候《いそうろう》をしたりしていた。文屋のところにちょいちょい女がやってくると、居候は十銭の小遣いをもらって抛《ほう》り出される、狭いうちだから邪魔になるわけである。それでも明治三十年代半ばの頃だから、十銭あればミナミの「大国屋」で、大きな丼にかやくめし、松茸御飯を盛って金三銭、かす汁一銭で、四銭あれば結構うまく腹がふくれたという。五十銭の会席が多うて食べきれなんだという。千円あれば南や北、堀江の遊所で一ヵ月遊べてお大尽《だいじん》といわれたという。「けま屋の小ぼん」（南北は自分のことをそう呼んでいる）はそののどかな時代、よき時代に遊びをおぼえてしまったので、家の金を使い果してしもうたというのである。また昔は情緒もあって（ありすぎた）居つづけして朝は湯豆腐、からすみの迎え酒、妓《おんな》には迎え駕籠《かご》がくる、朝酒をお炬燵《こた》でやりつつ芝居行きの相談、これでは造り酒屋の家産も蕩尽してしまうであろう。

それでも文屋亡きのち、その居候していた家を引きつづき雇人のお初婆さんごとゆずり受けて借り、家賃は二円から二円五十銭に上り、えらい値上りやとボヤきながら、「けま屋の小ぼん」はやっとのことで道頓堀の芝居作者で稼ぐほどの身になった。毎月の家賃二円五十銭ずつきっちり払い、黒の羽織で出る時もあり、洋服で出る時もある。近所では、あの咄家《はなしか》のあとを借りてる男は何の商売やろうと思っていたようだ。松屋町の傘屋の主人で、芝居好きで川柳もかじる男が南北のもとへ来て（またよく南北のもとへは人が遊びにくる）、その会話が面白い。

〈ゑらゐ《ママ》評判してまつせ〉
〈誰がいな〉
〈この近所で〉

〈何といふてや？〉

〈この頃文屋はんのあとへ来た男、あんなんわかれへんで〉

〈どないわかれへんのや？〉

〈コレかもしれんで〉

傘屋は人さし指を曲げてみせる。さすがに物におどろかぬ南北も目をみはり、

〈ゑらゐこと言ひよるな〉

けま屋の小ぼんさんも、ずいぶん色んなことをやってきたが、それだけはやってない、元来、気が小さいものだから。

しかし、ひょんなことは向うからとびこむ。ある晩、隣家でバタバタと大きな物音、手伝いの婆さんに「何やねん」と聞くと、

〈八八《はちはち》やってはったら網が下《お》りましたらしやッせ〉

この婆さんの〈下りましたらしやッせ〉がいい、丁寧にいえば「下りましたらしゆうおまっせ」というところ、下町ふうに巻舌でいっている。花札をやってた連中が一網打尽になったらしい、夜も更けて高津《こうづ》の鐘がボーン、というころ「モシ〳〵」

と小さい声。銀杏《いちよう》の木が家の前にあるのだがその梢から「ここだす、ここだす」〈ダ、ダ、誰やねん。ア、こわ〉

このへんはさながら、上方落語そのまま。

〈となりのもんだんね、朝までかくしとくなはれ〉

声はだんだん細うなる、宵のお手入れに網から洩《も》れた魚一匹、けま屋の小ぼんさんは、

〈下りといなはれ、押入れへでもはいりなはれ〉

この押入れはふすまで有名で、小ぼんさんの手もとにあった、すでに潰《つぶ》れている銀行会社の株券を、先住の文屋が貼《は》りまぜしたもの、その高は何十万円で、文屋は「どや金持やろ」と自慢していた「株券はりまぜ襖《ふすま》」だった。かくまったお礼に一升の酒をもらい、水菜とコロ（鯨の皮脂肪を鯨油で揚げたもの）で一ぱいやったと南北は書いている。この家賃がだんだん物価とともに上って六円になるまでいたが、そのあとは郊外・玉出《たまで》に新築の二階家を八円で借りた。やっぱりついてきた雇人のお初婆さんは鼠がきらいで、南北は蜘蛛がきらいである。遊びに来た小文枝《こぶんし》（三代

目）が、

〈ここのセンセがこない出世しやはるのやさかいな、こんな立派な家へはいりやはってお初さんあんたも仕合せや〉

〈仕合せかしりまへんけど新建《しんだ》ちや云ふのにゑらゐ《ママ》鼠だんね〉

〈蜘蛛は？〉

〈その方はいえへんらしァす〉

〈そんならセンセの為に辛抱しいな〉

この婆さんの〈いえへんらしァす〉は、「いえへんらしィおます」の巻舌である。

南北は庶民の新鮮な大阪弁を匂いのいい風のように紙にとどめている。

大正中頃、南北は何度目かの引越しをして大阪ミナミの玉屋町の家にいる、ここへは岸本水府《きしもとすいふ》、木村半文銭、小田夢路などの川柳人が毎日のように来て『番傘』の編集会議をした。この南北の家に書生で置いてもらっていたのがまだ十五歳の長谷川幸延、当時水府は二十七、八、けま屋の小ぼんさんの南北は三十八、九になっていた。この時代が彼にいわせると、一番「騒々しい」頃で、客や居候の絶えたときなし、皆が集ると芝居・川柳の話で必ず酒になって一時二時になる。

〈かなわんなあ、毎晩これでは、こっちの仕事も何も出来んやないか〉

と南北はこぼしているが、そのくせ夕方になると松竹から足早に帰ってくるなり、

〈皆、まだ来よらんか。水府もまだか。何してよるねん。遅いやないか〉

といったと、これは長谷川幸延さんが書いていられる。そしてまたしてもその夜も十二時すぎまで書生は酒を運ばされたそうな。ここへは川柳家だけでなく、『南北』から書きうつすと色んな人がくる。

〈今日は〉と来て、〈忙して困ってまんね。仕事がヨケおまんね。京だっか。新町《しんまち》だっか。南にしまひょか。相生《あいおい》へ行きまへんか。一遍伊勢詣りもよろしおまんな〉

と仕事も遊ぶのもごっちゃにしている男。ヨケは「沢山《ようけ》」だが、会話では「ヨケ」になることが多い。

〈イヨー〉と威勢よく入ってくる男は、〈朝から三千円ほど儲けてきたのや。もう今日は遊んでもええで〉と金口の煙草をスパスパ吸う。これで船場のさる所の番頭。

〈あした奈良へでも遊びに行きまひょ、夕方まで大事おまへんのや〉

と自転車で走って来ていい、またトットと帰る男。

〈堀江へ皆いっしょに行きまひょか。哥澤《うたざわ》聞かしまひょいな〉と若旦那。芸者が、

〈センエ（これは先生ということ。ちょっと甘えた舌っ足らずのいい方を南北の耳は、こう捉えたらしい）。字を教えてもらいとおまんね〉

あの「騒々しい」時代から、南北によれば〈数十年、相たち申し候〉。戦争があった、なつかしいミナミも堀江も北も焼野が原になってしまい、復興はしたが昔の情緒も無《の》うなってしまった。身は老い、急性ロイマチスと糖尿病で、昔の仲間の鳫治郎も若旦那も番頭もあの世へ引っ越してしまった。古い芸者の消息も聞かない。南北は病床で、昔の色廓《いろさと》の情緒を恋うばかり、道頓堀《どうとんぼり》の芝居小屋の役者ののぼりを夢見る、お茶屋のたそや行灯《あんどん》が恋しい、道頓堀川の涼み舟、仁〇加《にわか》、おちょやん、……今みたいに、ラジオの、海水浴のというのはあかん、情緒ないなあと南北は思う、夏か冬かといわれたら、断然、冬がええ。雪、埋み火、友禅の蒲団の置き炬燵、朝酒のうまさ。……

戦後《いま》、そんなことしてみい、お金なんぼあっても足らへん、それ以上に情緒も人情もうつり変ってしもうた。

〈是非もなし、三十年、四十年のへだたりましてや、かく速やかにうつりかはる世の中に、それとてもきのふの夢とさめる日もあるぞかし〉

トシヨリってグチだわね、と若い女にいわれて南北は〈どうせカッパは水の中のもの、ウッカリ陸へ上ったらあかん〉と、『大阪弁』という雑誌にこんなことを書いて、おしまいにしている。

〈ナアおっさん、そやおまへんか、はよ死んだらよろしおましたな、けったいに長生きしたもんやさかい、立ていでもいい腹を立ててみたり、こんなしょむない愚痴をならべて、みんなに笑はれんならん、阿呆らしい、もうやめときまっさ〉

昭和三十二年、七十六で死ぬ。

明治・大正の大阪弁（その二）——大阪弁の陰影

薄田《すすきだ》泣菫《きゅうきん》のコラム集『茶話』は、丸谷《まるや》才一《さいいち》氏や谷沢《たにざわ》永一《えいいち》氏によってその面白さをひろく紹介されたが、

〈平易な現代文による簡潔と含蓄の見事さは、今なお模範と仰ぐに足る〉（谷沢氏）

〈知的であることと暖い肌合が一致してゐること〉（丸谷氏）

のほかに、向井《むかい》敏《さとし》氏は、

〈詩人を廃してのち、随筆家として立ってからの泣菫はむしろ作家的観察眼を研ぐことにつとめた人だったように思える〉

といっていられる。この評は冨山房百科文庫『完本茶話』（谷沢永一、浦西和彦編）

上・中・下の解説にある。

実は私も『茶話』を読んでそう感じたのだが、泣菫はコラムニスト・エッセイストというより、むしろ作家肌の人ではないかと思った。話のつくり方がうまく、会話がうまい。これは完全に小説家の会話である。たとえていえば、作家の感性と、随筆家の批評精神と、詩人の言語感覚、新聞記者の材料取捨のカンを、持っていた人ではないかと思われる。

で、私もたのしんで『茶話』を読んだのだが、ことに面白かったのは、彼の写しとった大阪弁・京都弁である。

泣菫は岡山の産だが、若くして上京し、ついで関西地方に住み、詩作活動をつづけた（大阪毎日新聞に入社したのは三十五歳のときで、新聞のコラムに連載したのが『茶話』である。これがたいそう人気を博して、新聞の紙価を高からしめたといわれる）。

関西住いが長いので、大阪弁・京都弁に馴染《なじ》んでいたろうが、馴染んでいれば書けるというものでもないので、そのへんのカンどころが、やはり詩人の言語感覚でもある、と思うのだ。

泣菫といえば私たちは〈ああ大和にしあらましかば〉を思い出す。

〈ああ、大和にしあらましかば、
いま神無月《かみなづき》、
うは葉散り透《す》く神無備《かみなび》の森の小路《こみち》を、
あかつき露に髪ぬれて、往きこそかよへ、
斑鳩《いかるが》へ。平群《へぐり》のおほ野、高草の
黄金の海とゆらゆる日、
塵居《ちりゐ》の窓のうは白《じら》み、日ざしの淡《あは》に、
いにし代の珍《うづ》の御経《みきょう》の黄金文字《こがねもじ》、
百済緒琴《くだらをごと》に、斎《いは》ひ瓮《べ》に、彩画《だみゑ》の壁に
見ぞ恍《ほ》くる柱がくれのたたずまひ、
常花《とこばな》かざす芸《げい》の宮、斎殿深《いみどのふか》に、

焚《た》きくゆる香ぞ、さながらの八塩折《やしほをり》
美酒《うまき》の甕《みか》のまよはしに、
さこそは酔はめ……〉

これを暗誦している人もあるが、この詩は眼でその韻律をたのしむもので、口誦してみても、べつに楽しくはない。舌になめらかにのりにくい。これよりは白秋の「邪宗門」なんかのほうがずっと朗誦に適《あ》う。泣菫は字面のイメージを楽しむ詩である。

もっとも『明星』の与謝野鉄幹《よさのてっかん》らと仲がよくて『明星』創刊のときには、こんな詩をおくって励ましている。

〈聞けば秀才《すさい》ら君を推し
都に詩歌《しいか》の集会《しゆゑ》組むと
誉《ほまれ》ある名を身にうけて

桂《かつら》の冠《かむり》ながく得よ〉

これは『明星』調のなめらかで昂揚した詩句なので、鉄幹や晶子にはことにも喜ばれたらしい。『明星』関係者らは折あるごとにこの詩を唇にのぼせて楽しんだようである。

ともあれ泣菫の真骨頂は詩句のイメージのぶつかり、照り映える光耀《こうよう》をたのしむところにあり、〈ああ大和……〉なども、さながら正倉院御物が身辺に浮游するような思いを抱かされる。

そういう詩人が、大阪弁を書きとめるとどうなるか。

実に軽快で字面も美しい。大正八年一月十二日付の『茶話』に「鴈治郎の涙」というのがある。

初代鴈治郎《がんじろう》は北の新地の芸者喜代次を愛していたが、三十四という若さで喜代次は亡くなってしまう。鴈治郎は老いてから若い二号はんに先立たれ、〈まるで雷にでも打たれたやうにぽかんとして〉、〈どないなるのやらう、まるで夢のやうやな〉

と言い言い暮している。悪戯者《いたずら》の実川延若《じつかわえんじゃく》が、
〈兄さん、そないくよ〳〵考へてばかしゐても仕《し》やうおまへんぜ。もっと気を大きく持ちなはれ〉
〈わてもそない思うてんのやが、つい那女《あれ》の事が思はれるもんやよってな〉
鴈治郎が悲しそうに目をしょぼしょぼさせるのへ、延若はにやにやして、
〈兄さん、気晴らしに一遍遊びに往《ゆ》きまひょかいな。あんたに見せたい〳〵と思うてる妓《こ》が一人おまんのやぜ〉
〈もう〳〵、そんな話聞くのも厭や〉
鴈治郎は〈老《とし》よった尼さんのやうな寂しさうな眼もとをして、掌《て》をふった〉が、
延若が、
〈でも、先方《むかふ》が、一遍兄さんに会ひたい〳〵言うてまんのやぜ〉
というと、
〈さよか、先方《むかふ》がそない言うてるのんやと――〉鴈治郎はみるみる相好《そうごう》を崩し、
〈会うだけなら一遍会《お》うても構やへんな〉

とんとんと文章がはこんで、詩のような晦渋《かいじゅう》のあとをとどめない。万人に受けそうな文章になっているのだが、右の延若のセリフ中で〈気を大きく〉は「気ィ大きゅう」か、または「気ィ大きィに持って」とすべきであろうし、〈やぜ〉は「やで」ではないかと思うが、あるいは明治・大正は〈やぜ〉という語尾が行なわれたかもしれない。しかし大正期ののんびりした味わいの大阪弁が活写されていて面白い。

前章にご紹介した食満《けま》南北は、座付作者として鴈治郎と親しくした人（舞台における鴈治郎は子供時分からよく観たよし）だが、この鴈治郎、玉屋町の本宅の本妻、お扇《せん》さんのところにいるときはむっつりして笑顔を見せなんだという。だから本宅へ狂言の打合せにいったりしたら大変である。拡大鏡をもって仏頂づらで本をのぞき、

〈おもろないな、そんな狂言ワイせゑ《ママ》へんで〉

と中々むつかしい。これは南北の書いたものによる。

楽屋でもにが虫をかみつぶしたよう、それが二号邸へいったときは「いい旦那

様」という風情で、二号はんの妹芸者らにも愛想よく、
〈オッ、皆こっちへお出で、甘いもん云《ママ》ふたろか、若路お前何たべるのや〉
とご機嫌、狂言の話もここでやると、打ちとけて、あんばいよく、脚本を見て、旦那は、
〈ソヤな、さうしとこ、それでゑゝ《ママ》がな〉
といったと、これも南北による。

そういう南北自体、泣菫の『茶話』にも書かれている。役者に役をふりあてるのが、南北は実に巧《うま》かったというのである。これは大正七年七月二十日の「俳優《やくしゃ》と脚本家」のくだり。

脚本が書きおろし物の場合は、役の見当がつかぬため、役者は物言いばかり多くて、中々役を引きうけようといわない。南北は主人《たち》役を、たとえば延若《えんじゃく》に振ろうというとき、延若をたずねてまず脚本を読む。聴き手が物足りなさそうに欠伸《あくび》でもすると見ると、南北は、

〈急に延若の好きさうな長台辞《ながせりふ》を、口から出任《でまか》せに附け足して置く〉。
延若は大喜びで、
〈ええなあ。ええ役や。文句言はんと、私《わて》のもんとしときまっさ〉
と引きうけてしまう。
次に雀右衛門《じやくえもん》を訪ねてまた本をよみ聞かす。女形《おやま》が腑《ふ》におちぬような顔をして、
〈一寸待っとくなはれや……〉
と注文でもつけたそうにするのを見ると、南北は手で押えて、急にまた雀右衛門の気に入りそうな台辞をでたらめに付け足す。と、曇っていた女形の眼が急にまた明るくなり、
〈よろしなあ。こないやと私《わて》も演《や》り甲斐《がい》がおまんがな〉
と大喜びで引きうける。
役の振り当てがすんでいよいよ本読みにかかると、延若も雀右衛門も、自分らがたのしみにしていた台辞がないので〈てんでに変な顔をしてゐるが〉なんとなくそのままになってしまう。たまに口を出して、

〈あの、そこの所で私《わて》の台辞がちょびっと脱けてやしまへんか〉

と突っこむ者があっても、南北は平気で、

〈おました。おましたが、余り感心せんよって、今度のやうに直しましたんや。よろしおまっしゃろ〉

と自分であたまを振って感心してみせると、役者の方でもつい、そんなもんかと思うそうである。

このくだりの大阪弁のやりとりの口吻《こうふん》、呼吸《いき》づかいまで聞えそうで、軽妙でいい。

「ちょびっと」

も面白い。これはいまなおのこり、ほんのぽっちりのことを、「ちょびっと」という。

大阪弁ではちょっぴりとはいわない。ちびっと。または、ちょぼっと。

同程度のことを大阪弁では「チョボチョボ」というが、前に「上方弁の淫風」（第二章「ちちくる」）で書いたように、男女の交情、蜜の如きさまを「チョネチョネする」ということといい、どうも大阪人は「チョ」という音が好きらしい。

それでいうと、いまはやりの「たこ焼き」も、あれは戦前、大阪の下町では、粒がもっと小さくて「チョボ焼き」といっていた。チョボッと小さいのを焼くからであろう。子供が一銭で買う屋台のたべものだから、無論、中に蛸《たこ》なんか入ってない、煮つけた蒟蒻《こんにゃく》の小片に紅生姜《べにしょうが》が入っているのである。

お茶屋の使い走りの小女《こおんな》は「おちょぼ」、これにヤンをつけて「おちょやん」。

まどろかしいことを「ちょろこい」。

ふざけるのは「おちょくる」。

ごまかすのが「ちょろまかす」。

泣菫はたいそう博識で学殖ゆたかな人だったらしくて、『茶話』には洋の東西を問わず有名人のエピソードが羅列されているが、それに泣菫一流の警句《けいく》と箴言《しんげん》の味つけがされており、職業や年齢、身分の貴賤に応じて会話の雰囲気が書き分けられている。

だからみな大阪弁で書いてあるわけではない。

しかし大正の初期、すでにこんなにデリケートに大阪弁を紙上にとどめていることに私はちょいと感じ入らされる。

そのあたりの事情が、泣菫をコラムニストではなく、作家だと思わせられるのである。大阪弁に対する興味の持ちかたが、コラムニストのそれではなく、作家の興味である。コラムニストは展開した論理に向ってわき目もふらず、計算通りにおとしこむ性急さがあるが、泣菫は、わき道にそれて大阪弁のおかしさを悠々とたのしむ。

鴈治郎の話が泣菫は好きだったとみえて、大正六年にも「鴈治郎と英国」と題して書いている。当時の呼び屋だった櫛引《くしびき》某が、鴈治郎を英国へ連れ出して一興行打とうとした。金が入って勲章ももらえるかもしれないと気を引いたので、鴈治郎は乗り気になり、

〈さうだっか、そないえゝ土地《とこ》やったら往《ゆ》きまっさ、出し物は何と何とにしまひょう。私《わて》『紙治《かみぢ》』の炬燵《こたつ》が演《や》ってみたうおまんのやが、英吉利《イギリス》にも炬燵がおまっしゃろか〉

櫛引は、ほんとに行くかと念を押したら、
〈往きま、ほんまに往きまんがな〉

泣菫は、〈往きま〉と、ちゃんと「ま」止めで書いている。水上滝太郎の『大阪』が大正十一年である。大正六年にすでに泣菫は大阪弁の端倪《たんげい》すべからざる多彩な語尾変化に注目している。鴈治郎は妻に〈お仙（泣菫はこの字を用いている）あんたも往きなはれ〉といいお仙も二つ返事で承知する。

鴈治郎は早速、弟子に買ってこさせた世界地図を拡げてイギリスのありかをさがし、物尺《ものさし》をあてて測り、しばらくすると地図と物尺を一緒に抛《ほう》り出して叫ぶ。
〈お仙大変やぜ。英吉利はお前、大阪と東京との二十倍も三十倍も遠方やぜ〉

女房は飲みかけていた湯呑を引っくりかえしておどろく。
〈そない遠方だっか。そやったら止《や》めなはらんかいな〉
〈止めるとも、私《わて》な英吉利いふたら、東京の少し向うかと思うてた〉

このくだりの「少し」は東京弁で、たぶん当時の大阪なら「ちょっと」になるところだろう。しかし右の会話のお仙の〈止めなはらんかいな〉がいい。「止めなはれ」というと、〈敬語の「はる」がくっついているが〉命令形になる故、「かいな」とやや距離をとって婉曲に意思表示をする。

それから鴈治郎の「私《わて》な」もいい。文字で表記するとき、ここはつい、「ワテは」となるところである。ワテは、というと自己主張の強いポーズになるが、ワテな、とくれば他者の中へ埋没してしまう柔媚《じゅうび》な、無抵抗な姿勢を暗示する。

大正六年、横山大観は大阪の芸術愛好家らに招かれて、その席で富田屋《とんだや》の里栄《さとえ》の地唄舞《じうたまい》「雪」を見る。里栄の舞いぶりは美事だったので、大観は舞がすむとそばへ呼んで、結構な出来だったといい、大阪《こちら》にはあんな結構な舞があるのに、何だって花柳とか藤間とか東京風の真似ばかりするんだね、と訊《き》くと、

〈それはお客さんが悪うおまんね〉

と里栄がいう。

〈山村《やまむら》は陰気くさいよって、何か、ぱっとした東京風の派手な踊が見たい――言ははりますさかいな。つまり私《わて》らはお客さん次第だんがな〉

大観は、君達が客を山村の妙が解るように教育すればいい、という。里栄は笑い、〈そやかて、先生、今時のお客さんは、東京の学校を出やはるもんやさかい、みんな東京贔屓《ひいき》だんがな〉。

いまの大阪の芸者衆（といったって私もそうくわしく知るよしもないが）は、京都の祇園《ぎおん》や上七軒《かみしちけん》の芸者衆と違って、姐《ねえ》さん芸者やおかあさんから、大阪弁をやかましく叩きこまれるということはないのかもしれない。若い芸子《げいこ》はんは、ふつうのOLよりちょっと大阪弁風特徴が際立つかなあ、という程度である。右の、富田屋の名妓のような大阪弁は、いまでは五十以上の姐さんたちの言葉であるようだ。

この里栄姐さんの大阪弁は中々弾力のある軽快な、利《き》かん気の大阪弁で、大阪弁の本質の一面をよくあらわしている。それでいて敬語はきちっと使われている。「言わはる」「出やはる」と客を立てる。〈悪うおまんね〉は「悪うおますねん」を威勢よくいったもの、大阪弁はすぐ早口になるので、「ねん」までいわないで、「ね」で切り上げてしまう。もっと弾みがつくと、

「ワルまんね」

にまで省略されてしまう。

もう一つ、三味線弾きの話に出てくる大阪弁。さる実業家は義太夫の天狗であった。その実業家を招いた人が、知合いの三味線弾きに頼んで、浄瑠璃《じょうるり》に絃《いと》を合せてあげてほしい、ということになった。気軽に引きうけた三味線弾きはやがて泣きそうな顔でやって来て、主人にそっという。

〈旦那はん、堪忍《かんにん》しとくなはれ、あの方の絃を弾くのだけは。私《わて》どうも堪《たま》りまへんよってな〉

なぜだと聞くと、

〈浄瑠璃好きや言ひなはるから、ちっとは語られるのんかと思ってましたんやが、まるでわやだんがな。あんな事やったら、浄瑠璃も何もあらしまへん。絃に合ふ筈がおまへんやないか〉

それでも大事な客だからとなだめられて、三味線弾きは実業家の義太夫に〈決死の色を顔に浮べて〉つきあう。

やがて始まると、ほかの客たちが呆気《あっけ》にとられ、

〈どうも変な義太夫だんなあ〉

〈さうだっせなあ、まるで牛が吼《ほ》えるやうやおまへんか〉

〈まあ、黙って聞きなはれ。だんだん変になって来ますよってなあ〉

〈わて、もうかなひまへん〉

とうとう居合す客の一人が吹き出し、つられて一座大爆笑となり、主人も堪えきれず笑い出し、当の実業家も付き合いに笑った。ただ一人、三味線弾きだけは真ッ青な顔をして少しも笑わなかった、という話だが、この大阪弁もなかなか滑脱《かつだつ》である。ただ、〈ちっとは語られるのんかと思ってましたんやが〉の、〈と〉はたぶん、ないのが普通、「は抜け　を抜け」と同じく「と抜け」もある。それに〈思って〉は「思《おも》て」になる。〈語られる〉も変である。敬語を使うなら「語りはる」「ちっとは語りはるのんか思《おも》てましたんやが」になるだろうし、〈変な義太夫〉も、おそらく大正頃はこんな東京弁は入ってこぬはずで、「けったいな義太夫」といっていたであろう。〈さうだっせなあ〉もやや京都風で、大阪だと「そうでんなあ」になる

だろう。

そういう点がチョコチョコとあるが、しかしかなり当時の口吻が的確にとどめられていて、その筆使いは暢達《ちょうたつ》である。泣菫は大阪弁の陰影のくまぐまを愛していたにちがいない。

でないと、これだけ気分を手のうちに捉えられないのではないか。

もう一つ私の愛する話に「筍《たけのこ》問答」というのがある。大正六年七月十八日のくだり。

芦屋《あしや》の老夫婦の話だが、「媼《ばあ》さん」が病いの床につき、爺さんの手を取って泣きつつ、

〈お爺さん、わたい貴方《あんた》を見送ってから死にたいと思うてましたんやけど……もう迚《とて》もあきまへんよって、お先きへ遣《や》って貰ひまっさ〉

爺さんも涙していうの弁。

〈そない短気な事言はんと、矢張《やっぱり》私《わて》を見送ってからにしといてえな〉

〈あきまへん。迚《とて》もあきまへんよって、お先き へ往かしとくなはれや、そしてお爺さんは後《あと》から緩《ゆっ》くりおいなはれ〉

〈そない言はんと、せめて秋まで延ばしなはらんかいな。そのうち千日《せんにち》へでも往《い》て、おもろい奇術《てづま》を見てからにでもしたら何《ど》うや〉

〈そない言うとくんなはるのは嬉しうおますけど、お爺さん、私《わて》やっぱり往《ゆ》きまっさ〉

ここで婆さんは爺さんに耳打ちする。

〈この節は筍《たけのこ》の出盛りやよって、値が廉《やす》うおまっしゃろ。お供養しなはるのに安上りに出来まんがな〉

〈成程筍が廉い。それもそやなあ〉爺さんは考えたが、〈いや〳〵、やっぱり秋まで延ばしなはれ〉

これは原文では会話の合間に文章がいちいち挟《はさ》まれているのだが、それらを篩《ふる》い落してみると、この大阪弁の会話はそのまま、大阪漫才の呼吸である。泣菫は、真面目がそのまま滑稽に入れ替ってしまう大阪弁のからくりの秘密を発見して、大いに娯《たの》しんでいる。そのあたり、大正六年としては前人未踏の大阪弁研究家であり、かつ大阪弁をかなり早く文学的に定着した作家である。彼の大阪弁は谷崎の『細雪』より、はるかに自家薬籠中のものとなっていて、活殺自在のおもむきがある。ともあれ、私たちは泣菫のおかげで、大正期の生彩ある大阪弁を知り得たのは意外な収穫であった。――これはよけいなことだが、婆さんの言葉のなかで〈そして〉はマチガイ。この当時もいまも〈そして〉は大阪弁になく、「そんで」となるはず。

新大阪弁——大阪弁のせつなさ

前章にあげた小出楢重は、本業の絵のほかにエッセーの名家でもあったことはいったが、その彼に「大阪弁雑談」という一文がある。

楢重は大阪はミナミの、長堀橋筋の薬種商の家に生れた（この生家は家伝の膏薬《こうやく》「天水香」で有名だったそうである）生粋《きっすい》の大阪人である。

しかし東京美術学校で学んで、東京生活も長い。というのは、はじめ日本画科に入学して、途中、西洋画科へ転科しているから、前後七年の東京暮らしである。東京弁も耳慣れ、大阪弁とのちがい、それからひきおこるさまざまの文化的落差について、思いをいたすことも多かったにちがいない。

この「大阪弁雑談」は何年に書かれたものか、『小出楢重文集』（五月書房、昭和五十六年刊）でははっきりしないが、「美術学校時代」として解説では括《くく》られているので、それならば彼の二十七、八歳ごろか、大正三年（一九一四年）からあるいは大正七年ぐらいまでになる。

しかし内容的にみると、もう少し下《くだ》るような気がするが、私は楢重研究者ではないのでなんともいえない。

それはまあ、いい。

彼がここで書いているのは、

「大阪弁のせつなさ」

である。それについて発見したのは、楢重がはじめてであるようだ。私は何年か前、どこかのエッセーに、このテーマについて書いたが、すでに戦前、それをあげつらっている先覚者がいたわけである。

楢重のように東京ぐらしを経験したインテリは、戦前の大阪にもたくさんいた。彼らのうちにはそのまま東京にとどまって立身栄達の道を歩み、そのため大阪弁と袂別《べいべつ》して、東京弁に同化した人もあれば、もしまた大阪へ戻っても、日常次元、大阪弁に埋没してそれで不都合はない（大店《だな》の若旦那が東京遊学を終えて帰ると、容易にまた大阪弁に戻ったりする）人々もあった。

槍重も東京遊学から大阪へ戻ったインテリではあるが、官途にもつかずサラリーマンでもなく商家も継がない。自由人ではあるが、無名の市井人《しせい》ではない。芸術家として人前でしゃべらされることもある（彼は学校や絵画研究所で講師や指導者とならされたり、している）。私的日常生活では大阪弁を駆使しているが、公的には標準語をしゃべらされるという、この二重生活。

標準語は、インテリの教養としてしゃべれないことはないが、しかし、しゃべっている間中、〈芝居を演じている心持ちが離れない。それもすこぶる拙《つたな》いせりふである〉

サー、槍重サンは困るわけである。

たとえば絵画教室でこんな講義をするとする（これは彼の文章の「ガラス絵の話」を大阪弁に脚色したものである）。

〈油絵はトワールへあるいは板へ、水彩は紙に描くもんでんな。それから、ガラス絵はガラスに描くもんだす。そやけどガラスの上へ、ただ描くだけやったら、板の上や紙の上へ描くのとべつに変りおまへんが、ガラス絵の特色はガラスの上へ描くのやけど、その絵の効果、いうたら答えは、ガラスの裏面《うら》へ出てきまんねん。つまり、裏から書いて表へ出す、いう技巧でおますのや〉

などといったりできるものならば、〈感情を充分気取らずに述べ得るところの本当の大阪弁〉で、〈心の親密さが全部ぞろぞろと湧き出〉すのをおぼえ、自由に奔放にしゃべれるであろう。楢重は本当はそうしたい。

しかし遺憾なことに、こういう講義をしては、

〈立派な説も笑いの種となることが多い。品格も何もかも台なしにすることがある〉

それゆえ、〈今の新しい大阪人は、まったくうっかりとものがいえない時代となっている。だからなるべく若い大阪人は大阪弁を隠そうと努めているようである〉といって〈純粋の東京流の言葉と抑揚を用いようとすると、変に芝居じみるよう

で私の心の底で心が笑う。まったくやり切れないことである。つまらないことで私はどれくらい不幸を背負っているか知れないと思う〉

実際、大阪人は被征服者が占領国の国語を強要されるごとく、理不尽な悲劇に悩まされるのである。こういうのを大阪弁では、

「けったくそわるい」

という。楢重は大阪弁言語圏に生れた宿命を嘆かざるを得ない。

ところで現代もこの矛盾は一向解決されていず、講演やラジオ、テレビ出演だけではない、日常語の世界でも、こういうのはある。すこし改まった場合は大阪人でも若い人ほど標準語（現代は共通語というようであるが）を使いこなすようである。かの、グリコ・森永犯人のテープに、コドモの声が入っていた。この言葉が関東風アクセントであると指摘する人もあったが、一方、民間人の投書には、〈いや、近頃の子供はテレビラジオの影響で、本を朗読するときはみごとに標準語風アクセントになっている、だから関東在住者のコトバといちがいにはいえないのではない

か〉ともあった。何にしろ、テレビ文化の普及のおかげで、若い人はかなり、東京風の言語文化圏に親昵《しんじつ》したようである。

しかしそれはあくまで、

「ハレ」（晴）の場合で、本の朗読などというのは、「ハレ」であるから、楢重流にいえば〈芝居じみ〉ていたって、あんまり気にならない。それが、

「ケ」（褻）の場合、日常語にまで入るかどうかというと問題である。日常まで演技していられない。

楢重によれば、

〈大阪の紳士が電車の中などで、時に喧嘩をしているのを見ることがあるが、それはほんとに悲劇である。大勢の見物人の前だから、初めは標準語でやっているが、たちまち心乱れてくると『何んやもう一ぺんいうてみいあほめ、糞たれめ、何吐《か》してけつかる』といった調子に落ちて行く。喧嘩はことに他人の声色ではやれるもの

ではない〉

この「悲劇」というのは、ケンカが前半、標準語ではじまったことを指す。はじめから大阪弁で通せばよいのに、本心を糊塗《こと》して、標準語を用い初《そ》めたため、その内在せる矛盾が白日のもとに曝露されたのである。

大正・昭和初年の大阪人は、大阪弁を下品と思い、少くとも教養ある階級にみせしむるべく標準語風に近づかんことを願い、といってさほどに標準語に馴染んでいないからついに苦しまぎれに不可思議なる大阪弁を創造するに至った。楢重サンはそれを〈大阪弁に国語のころもを着せた半端な言葉〉といっている。

たとえば「それを取ってくれ」という意味のことを、

〈ちょっとそれ取って頂戴いんか〉

これらは主として若い細君や、職業婦人、学校の先生、女学生、モダンガールらが使うとある。ややハイカラの匂いを発散しつつある若き世代だからであろう。

「あのな」「そやな」の「な」を「ね」にあらため、

〈あのね〉〈そやね〉〈いうてるのんやけどね〉

こういうのが大阪弁にまじり、ごっちゃになるとついに、

〈これぼんぼん、そんなことしたらいけませんやありませんか、あほですね〉

と完全に東西混交の弁になってしまう。

細君が夫に向っていさめるとき、

〈あなた、いけませんやないか〉

などといわれたら、夫は〈理由なしに腹が立ち〉、何くそ、もっとしてやれ、という気になるんだそうである。

要するに楢重サンは大阪人として、心と言葉と発音の不調和から、日々しらずしらずのうちにどれほど〈要らぬ気兼《きが》ね〉をしたり、〈かんしゃくを起こしたり、喧嘩をしたり、笑われたり、不愉快になったり、しているか知れない〉と、大阪弁のせつなさを訴えている。

現代でも同じこと、混乱を回避しようとする人は、無意識に大阪弁離れせずにいられない。

先に私は敬語から大阪弁は変化するということを、「語尾と助詞」（第三章「そやないかいな」）でいったが、

「そうだす」

とていねいにいうところを、現代の若い人にはすでに「だす」は死語になっているので、

「そうです」

となる。しかしこれではどうもぶっきらぼうで、もっと念を押したいと思うと、

「そうですねん」

と標準語と大阪弁と双方並びたつことになる。これは過渡期の混乱現象ではあるけれど、それなりに、かなり定着愛用され、独特の雰囲気を持つようになってきている。

「……じゃ……」

という東京弁、「そうじゃないの」「ダメじゃないの」の「じゃ」は、これはどうも大阪弁に同化しにくいようである。

これを使うと、楢重サンではないが、

（お芝居のセリフやあるまいし）

とわれとわが身を嗤《わら》う気がするので、「ここだけは譲れまへん」という感じで、大阪の女の子は「じゃ」を拒否し、

「そやないの」

「アカンやないの」

という風に「や」を温存している。

「ダメじゃないの」と叱る東京弁を純粋大阪弁に翻訳すると、

「アカンやないか」

あるいは、

「アカンやないかいな」

もっと近い語感は、

「あきまへんがな」

であるが、若い大阪女性のセンスから遠くなっており、もうどうしようもない、

苦しまぎれというか、せっぱつまって、というか、

「アカンやないの」

であいまいにボカすのであるが、何しろ「や」が大阪弁らしく柔かいのが、混合の不調和を救って、まあ、耳障りでない程度の、「新大阪弁」となっている。

何年か前、パーマの髪をそれらしく結い上げてカンザシやビラビラ、花飾りをつけたのを、「新日本髪」と美容界では呼んでいたが、和洋折衷の妙味がかえって新時代の魅力であった。それと同じで、「アカンやないの」も、いまや大阪の若い女の子らしい可愛いらしさである。


これはあとでまとめて考察するつもりだが、現代作家の中でも、この手の若い女の子の大阪弁を書かせると阿部牧郎《あべまきお》氏など、とてもすてき。OLや女子大生、若いミセスなどの大阪弁にかなり通暁《つうぎょう》していられるようである。そういう女性たちが、

「アカンやないの」

クラスの「新大阪弁」を愛用しているのである。せつなさのあげくであるが、ま

あ、ここまできまればそれは、それでいい。

「そうだわ」「きれいだわね」

の「……だわ」は、「新大阪弁」では「やわ」になるようである。

「そうやわ」「きれいやね」

——きれいやわね、というのは煩《わずら》わしいので、そうなると「わ」が吹っとんでしまって直接、「やね」とつづくようである。

これらは女ことばの「新大阪弁」であるが、では最近の若い男性は、というと、大学生や若いサラリーマンたちのあいだでは、かなり標準語で希釈された「新大阪弁」が用いられているようであるが、それでも女性に比べれば、ずっと豊富に原型大阪弁をとどめている。

「早よ来《こ》んかいや」

「○○どこへいきよってン」

「見せたれや」

「あかんどオ」

などという語がとび交い、たまには、

「なン吐《ぬ》かしとんねん、アホちゃうか」

などと、近松・西鶴ふうになるが、こういう風に友人同士、砕けているときはよい、これがいったん、上司や目上に対するときは、いたく困って手も足も出ぬことになるのである。

これは女性でも同じで、敬語に関する限り、現代の大阪弁はニッチもサッチもいかなくなっている。

以前、私は、不快な敬語として、

「行きます?」「書きます?」

をあげたが、これは「行くか?」「書くか?」ともいえないし、といって「いらっしゃいますか」「お書きになりますか」という改まった標準語を使うのも面映《おもは》ゆいし、けったくそわるいという大阪人が、せっぱつまって苦しまぎれに、それらしく敬語にみせかけた妙ちきりんな言葉である。

こういうとき、もともと、大阪では女も男も、

「行きはりますか?」

「書きはりますか?」

と「はる」をくっつけて手軽に、品よい敬語にしていたものであった。この「はる」は男女共用で、ことにも男性が使うと、みやびたよい感じであったものを、近来の若い浪花男《なにわ》は、往々、「はる」を使うのをいさぎよしとせず(女性専用語と誤解しているらしい)、敬語としては変則的な、

「行きます?」「書きます?」

を使うようである。

これはまことに残念な誤用であって、「はる」の敬語が男性の唇から聞かれなくなるのはまことに惜しい。せっかく浪花男と生れたからには、人に敬語を使うとき、「ウィスキーにしはりますか、それとも、酎ハイにしはりますか」

と柔媚な大阪弁を操っていただきたいものである。お得意先の接待などには殊にも「はる」が似合うように思う。ここは「なさいますか」という標準語を使うまでもないであろう。

ところが、一つむつかしい系統があって、それは敬語の命令形である。たとえば標準語で、

「そうなさって下さい」

というコトバを使うとする、これを純粋というか、本来の大阪弁でいうとなると、

「そないしとくれやす」

といえば簡単である。

「お送り下さい」

は、

「送っとくれやす」「送っとくなはれ」

といえばよろしい。「おあがり下さい」は「あがっとくれやす」「あがっとくなはれ」で敬語の命令形になる。

しかしこの「なはれ」も「しとくれやす」も現代は中年以下、若年層の間では特別な条件の人をのぞいてほとんど使わない死語であるから、これを「新大阪弁」で

表現せねばならぬ。

これがむつかしい。「そうなさって下さい」の「なさる」は標準語で、これを浪花モンがいうのは、自尊心の肥大した連中にとって、「顔こそばゆうなって引き攣《つ》る」わざであるから、使いたくない、よって、

「そない、しやはらしませんか」

とか、いっそ敬語をとっ払って、

「そないして下さい」

と、これまた東西文化折衷の、どこの弁ともつかぬコトバでお茶を濁《にご》すことになる。

大阪弁の機能が次第に衰えていき、さりとて、まるまる標準語を使うのは業腹、というような浪花人にとっては、改まったときのコトバはまことにむつかしい。半世紀前の小出楢重のなやみが、まだ解決されていない所以《ゆえん》である。語尾も言葉そのものもみな、標準語にしたところで、イントネーションやアクセントが大阪風だと木に竹をついだようになるし、話に生彩を欠く。

楢重は、

〈大阪人は浄瑠璃さえ語らしておけば一番立派な人に見える〉

〈私は大阪人の講演では、大阪落語だけ聞くことが出来る。それは本当の大阪弁を遠慮なく使用するがために、話が殺されていないから心もちがよいのである〉

といっている。私の思うのに、「新大阪弁」が本来の大阪弁に代って蔓延《まんえん》するのは時代の趨勢《すうせい》で、それはしかたないと思うものである。いやむしろ、人々が、

（使いにくい……）

（自分の気持の表現にどこかそぐわない）

（こっちのほうが好き）

という言葉のほうに無理なくなだれていくのを、敢《あえ》て反対することはないと思う。

しかし、標準語を使うのは「面映《おもは》ゆい」「けったくそわるい」「使いとうない」「自分にそぐわない」「お芝居してるのやあらへん」「オレ、演技力ないのに、なんでそんな、けったいなコトバ使わんならんねん。昔から、しゃべっとるコトバでええやないけ」――などと思う人は、使わなくてもいいわけである。

そこで、公的な場にしろ、何にしろ、せつない気持にならぬような「新大阪弁」を定着させたらいい、と思うのだ。

そういう私自身、(もうここ数年やめているが) 講演のときには、

「……こうだと思います」

と標準語風になっていた。しかしこれも、現代はそう無理をせず、お芝居のセリフをしゃべるという感じにならぬよう、

「……こうやと思います」または、

「……こうやと思いますねん」

といったほうが、自分の気持に、より真実に近いと思う。

大切なことは、公的私的を問わず、真実を表現するということなので、心のどこかで、(こら、おかしい……) と思いつつ、飾ったコトバづかいをして、せつない思いをするよりは、「新大阪弁」で以て、ふだん使いなれた言葉をかわいがるほうがよいであろう。またなるべく多くの人に理解してもらうという立場からいえば、本来の大阪弁よりは「新大阪弁」のほうが、大方の耳に入りやすいかもしれぬ。

ただそれが崩れすぎて「くれます?」や「頂戴いんか」などと耳にきたなくたつ大阪弁は困ると思うものだ。

もう一つ、大阪弁で発音してせつないものに、文語文的な単語がある。「愛する」とか「誓う」とか「幸福」とかいうのは、大阪弁の中に消化《こな》れにくい。これで見ると大阪弁はひらがな文化であり、かつ、口語文化であるようだ。文化文化はひらがな文化や口語文化が盛んなところにこそ生れると私は思うので、せつないコトバは、使わずにすめば使わなくても一向、さしつかえはない。そういうコトバは根付かないで、流されてしまう。しかし、大阪の若い人は「愛する」というコトバをつかわないとしたら、どういうコトバで代用しているのだろう。ミス・花子の「好っきゃねん」ではないが、「好っきゃねん、好っきゃねん」で押し通しているのだろうか。

いてこます――大阪弁のバリザンボウ

今までにも折々に書いてきたが、大阪弁の悪口雑言はかなりな巻舌になり、かつスピードがあって、馬琴《ばきん》ではないが、〈活《かつ》なることは江戸にならふ〉である。十返舎一九《じっぺんしゃいっく》は『東海道中膝栗毛』で、京の喧嘩の温雅悠長をかなり誇張して笑わせているが、もとよりこれは戯作であるから、当時でもこんなにのんびりとしてはいなかったであろう。

もっとも、その作中の喧嘩人たちが、互いにいましめ合う、――ひょいとつかみ合いにでもなって着物でも引き裂いたら損じゃさかい、やめにしてこまそかい――という思想は、大坂人にもあったと思われる。何しろ、〈活なることは江戸にならふ〉が、〈倹《けん》なることは京を学ぶ〉という大坂の土地柄なれば……。

それはともかく、今回はその活なる大阪弁の罵詈讒謗《ばりざんぼう》（ああむつかしい字。こういう字は天眼鏡で見てもよく見えないので、こんな字こそ、略字を発明したいものである。それより、いっそ、大阪弁風に「あくたれぐち」とか「にくてぐち」というかえるべきか）につき、考察してみよう。

上方落語に『野崎詣り』というのがある。お染久松で有名な野崎観音サンのお祭り（五月八日）、今は片町線に乗ってゆくが、昔は寝屋《ねや》川を船でお詣りするものと、徳庵《とくあん》堤の陸《おか》をゆくものとあった。〈桜花匂ふ頃、野崎の観音の無縁経詣りとて、難《な》波《に》男、難波女の、櫓《やぐら》船にて行くもあり、又陸をさざめきて参るもあり、皆《みな》春色の風《は》興なるべし〉と『河内名所図絵』にある通りである。

私自身は大阪の北西部の生れとて、東端の、いまの大東市には縁がなく、慈眼《じげん》寺・野崎観音サンも子供のころにいっぺんお詣りしたきり、それよりも、小学生のころに詣らされたその近くの四条畷《なわて》神社の方が印象深い。戦時下の学生は、楠木《くすのき》正行《まさつら》の話をこんこんと言い聞かされて、数代前の親類のような気がしていたからであろう（四条畷神社は正行が主祭神である）。それに、かの大和田建樹つくるところの〈四条畷〉という唱歌も、小学生に愛唱されていた。

〽吉野を出でて　うち向う
飯盛《いいもり》山の　まつかぜに
なびくは雲か　白旗か
ひびくは敵の　鬨《とき》の声

あな物々し　八万騎
大将師直《もろなお》　いずくにか
かれの首《こうべ》を　取らずんば
ふたたび生きて　還《かえ》るまじ……

いやァどうもいけない。小学生のときおぼえた歌はフト唇をついて出ると止まらないので困る。

ともかく大阪の東、奈良へ越える阪奈道路の北に野崎の観音サンがある。この観音まいりの名物は口喧嘩である。

楠木正行の歌が小学生に愛唱された戦時より、はるか昔にさかのぼる、平和なよき時代のなつかしいならわし。明治頃まで続いたそうな。

近松門左衛門の『女殺油地獄』では、この野崎詣りの茶屋を舞台に不良少年・徳兵衛らが、蹴った張ったの大立まわりをやらかすが、これは口喧嘩とは関係ない。

この「野崎詣り」を『米朝落語全集』（創元社刊）でさがしたのだが、残念ながらこの七巻には収録されていない。なぜ残念ながらというかというと、米朝サンというのは落語家であるだけでなく、周知の通り、広く芸能研究家でもあり、埋もれた古典落語の発掘分析もされておるだけに、口演を速記したという体裁の全集に於ても、表記が厳密である。

第一巻のまえがき「乍憚《はばかりながら》口上《もうしあげます》」にもこうある。

〈（前略）関西弁を活字にすることは大変むつかしいことで、私も長年、苦しんできました。

例えば『そうだ』という言葉は『そうだす』の『す』の脱落したもので、標準語の『そうだ』より丁寧な言葉です。その他、船場の『ごわす』言葉や女性語やら、文字にしにくい場合が多く、その都度、あの手この手で表記して行くつもりです〉

しかし幸い『米朝ばなし上方落語地図』（毎日新聞社刊）に「野崎」があるので、そこから引いてみる。

野崎詣りの船の中。この船はふだん肥料など運んでいるのだが、お祭のあいだは緋毛氈《ひもうせん》の一つも敷いてお客さんを乗せるようになっている。その船に乗ってる男連中、

〈ちょっと陸《おか》を見い。え、ぎょうさん歩いてくるヤツがあるやろ。あれつかまえて喧嘩するねん〉〈喧嘩するちゅうたかて、船の中と陸の上。石投げられたら、逃げ場がないがな〉〈野崎詣りの喧嘩は言い合いばっかりで、どつき合いはない。これに勝ったら一年中の運がええ、ちゅうねん〉と、はしかいい男が、ちょっと足らん相

棒に教える。〈おい、向こうから来る男、頭ガシガシかいてるやろ、あれ頭かゆいことあれへんねん。袖口から赤い襦袢《じゅばん》がチラチラ出てる、あれを見せたいのや。アイツつかまえて言うたれ、そない見せたい襦袢なら、ぬいで竹の先に結びつけて、ワテこんなん持ってます、ちゅうて野崎さんまで振って歩け、とこない言うたれ〉〈よし、ほな言うたろ。おーい。そこへ行くヤツ！　それほど見せたい襦袢なら、竹の先へくくりつけて、せいだいジバン（自慢）してあるけ！〉〈（陸から）オーイ船の中のん、襦袢は、あるが因果で着てるのじゃ。おまえもあるのやったら着て来たらどや〉〈（船）ワテ、ないわ〉〈そんなこと言うたら負けや。持ってる、言わんかい〉〈持ってるぞ！〉〈（陸から）持ってたらなんで着ィへんのじゃ〉〈（船）質《ひち》に置いた〉〈よけ、いかんがな〉

——どうも「足らん男」がアホをいうので、花々しい口喧嘩にならないが、このオチはこうである。

〈(陸から) おーい、船の中のん、あんまり船端に出てくるなよ。川へはまったら、コマンジャコ (めだか) がくわえていくで〉

〈(船) オイ、あんなこと言いやがった。ワシ、体が小さいと言われるのが一番腹立つねん〉〈ほんなら言うたれ。小さい小さいと軽蔑するな。江戸の浅草の観音さん、お身たけは一寸八分じゃが、十八間四面のお堂の主《あるじ》じゃ。仁王さん大きィても、門番してるやないか。山椒は小粒でもヒリリと辛《から》いわ、と言うたれ!〉〈そない言うたろ。オイコラ、小さい小さいとセンベツするな〉〈ケイベツや〉〈そのベツや。江戸のドサクサの〉〈ドサクサやあらへんがな〉〈深草の〉〈浅草や〉〈浅草と深草なら、少々 (少将) の違いや。浅草の観音さん見てみい。お身たけは一寸八分でも十八間四面のお堂に入ってなはるわい。山椒はヒリリと辛いわい!〉

〈(陸から) おー、おー、教えてもろて一生懸命しゃべりやがって。今の言うこと聞きなはったか。山椒がヒリリと辛いやて。小粒が落ちてるぞ!〉

〈(船) どこに……〉

と、小粒銀を探すしぐさでサゲになる。

この〈言うたれ〉〈言うたろ〉は卑語で、「言うてやれ」が「言うたれ」になったものであるが、卑語のほかに、大阪弁独特の用法がある。この落語ではその意味はないが、自分のことをいうのに、他のために頼むような「……したれ」を採用する。

何かギャグを入れて受けないときは、自分で、

「笑《わろ》たれや」

などといい、これはおさまりつかなくなった自分の立場に自分で同情して、大方の情けにすがっているのである。隣の生徒のテスト用紙を覗きこみ、それを隠されると小声で、

「しぶちん。見せたれやァ」

といったりする。往来に荷物など置いていると立往生した車の運転手が、

「おっさん、早《は》よ、どけたれや」

などという。自分のことをいうのであるから「どけてくれ」といえば単純明快なのに、それをいうとトンがりやすくなるので、わざと持ってまわった言い方が採用されたのかもしれない。しかしこの語法は、近年、青年たちの間からすたれつつあ

るものの如くである。

これはまことに惜しい。

こういう語法は大阪弁のあいまいさというよりも、双方の感情をとンがらさないための、会話における高等技術である。私の若いころも、何か内緒ごとを耳打ちし合っていて、そこへ新しく加わった青年が、

「何やねン。え？　聞かしたれや」

といっていたのを思い出す。


ところでこの悪口を言い合うお祭は野崎の観音サンだけでなく、昔は京の祇園サンの大晦日の夜にもあったと西鶴が『世間胸算用』巻四の「闇の夜の悪口」に書いている。

〈神前のともし火暗うして互ひに人顔《ひとがほ》の見えぬとき、参りの老若男女左右にたちわかれ、悪口のさま〴〵言ひがちに、それは〳〵、腹かかへる事なり〉

この悪口は想像力ゆたかな、独創的なものである。西鶴は大晦日の祇園さんで、

実際に聞いたのだろうか。

〈おのれはな、三《さん》ヶ日《にち》のうちに餅が喉《のど》につまって、鳥部野《とりべの》へ葬礼するわいやい〉

〈おどれはまた、人売りの請人《うけ》でな、同罪に粟田口《あわたぐち》へ馬にのって行くわいやい〉

〈おのれが女房はな、元日に気がちがふて、子を井戸へはめをるぞ〉

〈おのれはな、火の車でつれにきてな、鬼の香《かう》の物《もの》になりをるわい〉

〈おのれが父《とと》は町の番太《ばんた》をしたやつぢゃ〉

〈おのれが嬶《かか》は寺の大黒のはてぢゃ〉

〈おのれが弟《おとと》はな、衒云《かたりいひ》（詐欺師）の挟箱《はさみばこ》持ち（手下）ぢゃ〉

〈おのれが伯母は子堕《おろ》し屋をしをるわい〉

〈おのれが姉は脚布《きゃふ》せずに味噌買ひにいくとて、道でころびをるわいやい〉

などとみな舌にまかせて雑言をたのしんでいるうち、中に二十七、八ぐらいの男か、すぐれて口達者な奴がいて、何人出てもこの男には言い負かされてしまう。しまいに相手になる者もなくなった折、左の方の松の陰から声あり、

〈そこな男よ、正月布子《ぬのこ》したものと同じやうに口をきくな。見ればこの寒きに、綿

入着ずに何を申すぞ〉

とあてずっぽうにいったところが、男の〈肝にこたへ〉たかして返す言葉はなく、大勢の中へかくれて〈一度にどっと笑はれける〉〈これを思ふに、人の身の上にまことほど恥かしきものはなし〉

この中の〈おのれ〉はいまも相手を罵《ののし》っていうときに使う。意味が強まると「おんどれ」、また、「われ」も現代に生きている罵り語である。

西鶴の「……わい」は語尾の項でもいったが、「わい」「じゃい」ともにまだ現役の、生々たる大阪弁のタンカであるが、いったいに大阪弁の悪たれ口には五つの語尾がある。

・くさる。
・さらす。
・けつかる。
・やがる。
・こます。

上司小剣《かみつかさしょうけん》の『鱧《はも》の皮』には、叔父の源太郎が、福造の手紙をよむくだり、

〈ああ、『鱧の皮を御送り下されたく候』と書いてあるで。……何吐《ぬ》かしやがるのや〉

とある。この「やがる」は東京弁にもあるが、大阪の巷間では、わりに軽く使われ、字で読むほど重々しいひびきはない。女が男に、

「なあ。夜明けのコーヒー飲まへんか」

「何《な》ン吐《か》しやがんねん。いッつもそないいうては送らして、入口でサイナラやないか」

などと、あはあは笑いながら使う。ケンカの場合も使わぬではないが、「やがる」はかなり日常会話に組みこまれ、深刻味は薄れつつある。

もしそれ、「何吐《ぬ》かしやがる」を強烈に表現しようとすれば、

「何《な》ン吐《か》しくさるねん」

「何ン吐しさらす」「何ン吐しけつかる」

などのほうを採《と》ることになる。更にこれら多彩な語尾をいっしょくたにあつめ、

重層的な効果をねらったものとしては、

「何ぬかしさらしけつかるねン」

というのもあり、これが舌を捲きこんでいうから「なンかッさらッけッかンねンー」となって他国者の耳には何が何だか分らなくなってしまう。東京弁だと「なにぬかしやがんでえ」ですんでしまうところ、実に長々しい。

あんまり長いので、凄みがかえって消えてしまうという逆効果も招く。

上方落語の『べかこ』、お城に呼ばれた咄家《はなしか》が、かわるがわるのぞきにくる腰元に、冗談にアカンベーをしてみせるのがあるが、この腰元連中がのぞき見をして、チンが茶を吹いたような顔だとか何だとか、勝手なことをいうので、咄家、〈いろんなこと言いやがるな、あのがきら。ほんまに、バカにしてけつかる。ようし、おぼえてけつかれ、ほんまに。今度出やがったら、びっくりさしてこましたらんならん〉

けつかるは牧村史陽さんの『大阪ことば事典』によれば〈居る、するの意の下品な悪態口に用いる語〉とある。つくばう（蹲う）がカッツクバウ→カッツクバル→

ケッカルとまで転じたものとある。

更に用法としては、さらす・くさる・やがるは動詞の連用形に接続するが、けつかるだけは「テ」に接続するとある。右の「バカにしてけつかる」「おぼえてけつかれ」などでも「テ」につづくが、命令形になると「おぼえてけつかれ」。

発音としては「けッかれ」と約《つづ》めていうときもあるが、「何ヶ吐《か》しけつかンねん」などのときは「つ」が発音されるようである。この場合は「テ」抜けで、「何ヶ吐して」の「テ」が飛んでいる。何にしても「けつかる」「さらす」「くさる」みな古いコトバで、小学館の『日本国語大辞典』によれば、『宿無団七時雨《しぐれ》傘』にも、

〈爰《ここ》な奴は人の大事の奉公人を気違ひにさらすか〉

『心中天網島』に、

〈女郎《めらう》、下にけつからふ〉とあると。

『猿曳門出諷《さるまわしかどでのひとふし》』（寛政）には、

〈死なすことはならん、死にゃんな、死にくさるな、とサァ、叱りゃ叱るものの〉

とあると、これは『大阪ことば事典』。

大阪のシャレことばに、「夏の蛤《はまぐり》」というのがある。これは客が見るだけ見て、買わないというときに使う。その心は、

「身ィ腐って貝腐らん」

から来ている。これも「見ィくさって買いくさらん」と、客のことを悪たれて罵っているわけである。

さらすやくさるというと、いかにもにくにくしい語感しかないようであるが、用いようによってはホロリとする場合もあり、言葉の妙味というのはこういうところであろうか、男やもめが泣きわめく赤ん坊を不器用に抱きあげ、舌打ちして、

「エエ、泣きさらすな、ちゅうのに……」

舌打ちしても、心はふびんさでいっぱい、自分が泣きたいくらいである。古川柳にいう、

〈南無女房乳を飲ませに化けてこい〉

というようなところであろう、こんなとき、「泣くんじゃない」というよりも、「泣きさらすな」

と荒っぽいほうが、人のなさけ、男親の情愛が深そうに思われる。もしそれ「浪曲子守唄」（作詞・越純平）でいえば、

〽逃げた女房に　未練はないが
お乳ほしがる　この子が可愛い
子守唄など　にがてな俺だが
馬鹿な男の　浪花節
一つ聞かそか　ねんころり……

は、まずこうなるであろう。

「逃げくさった女房《よめはん》に未練はあらへんが
チチほしがってけつかるこの子がふびんやないけ
子守唄なんかワイ、得手やないけど

阿呆なド甲斐性なしの浪花節
一つ聞かしてこまそか、ねんころり
……エエ、泣きさらすな、ちゅうのに」

さきの落語『べかこ』の中で〈びっくりさしてこましたらんならん〉のように、「こます」は自分の動作につける卑語である。「聞かしてこまそか」「食うてこます」などと用い、「いてこませ」となると、命令形、「いてこませ」は「たたんじまえ」というような意味合いである。前田勇さんの『大阪弁』（朝日新聞社刊）によると、「こます」の語源は未詳だが、

〈くれ申す〉

のくずれた形ではないかといっていられる。氏は、この「こます」につき、自分の動作を罵っていう、と解釈していられるが、これもさきの「どけたれや」「見せたれや」と同じく、自分のことをさながらヒトのことのようにつき放していう、ふしぎな大阪弁の機能からきているのであるまいか。

この「こます」には私はおかしい記憶がある。ずっと昔だが、関西でもコトバの荒いといわれる地方へいった折、その例として、戦後、天皇の地方巡幸の時の話が出た。その時点ですら、もう伝説に近くなっていたが……。その地方には大きい池があり、天皇はそこに立たれて、この池には魚がいるのかとご下問になったそうである。

お付きや関係者の答える前に、池のそばの農家の爺さんが、

〈お前《ま》はんくるいうんで、ワシが池に魚をはめてこましたで〉

といったので、咫尺《しせき》の間に拝謁して恐懼《きょうく》感激していた関係者らは一同、真ッ蒼になったという。――しかしこの話はいささか眉唾で、いくら田夫野人《でんぷやじん》といっても、いや、田夫野人なればなおのこと、終戦直後であるから天皇尊崇の念はまだ厚いにちがいない、「お前はん」などというはずはない。

ただ、その地方の方言では「お前《ま》はん」は最高級の敬語だそうである。そして「こます」も謙遜語だというのであるが、どうであろうか、「くれ申す」が語源なら、

どっちにしても上品ではない。とまれ、何にしてもこの爺さんは好意からいっているのであって、その表現にいささか敬意を欠いても、それは方言の責任であって、爺さんを責めることはできない。

そこへくると冒頭の「野崎詣り」の会話に注意されたい。「言うたれ」「しゃべりやがって」などと悪たれ口を叩きつつも、観音さんはお堂に、

「入ってなはる」

し、ワルクチいう相手とは雑言し合っても、まわりの人々に対しては、

「今の言うこと聞きなはったか」

と敬語を忘れない。しかく、敬語感覚が発達しているからこそ、バリザンボウのボキャブラリーも多彩に展開相乗していくのではないかと思われる。大阪弁というのは、ピンからキリまでハバがひろい。

あたんする——過ぎし世の大阪弁

子供のころに使っていた言葉が、ひょいと口から出ることがある。そういうとき、まことに言葉というものはふしぎなものだと思わないではいられない。ふだんは全く、忘れ果てているのに、どうかした拍子に、忘却の彼方からポカッと浮かび上ってくる。

川端康成の掌篇小説に「母国語の祈禱」というのがある。アメリカに移住して長い老スウェーデン人たちは、もう五、六十年もの間、スウェーデン語を話したことがなかった。彼らが母国語をおぼえているとは誰にも思えない。ところがこの老人達の多くは、死の床に横たわっていよいよ息を引きとる時になると、〈埋もれてゐた記憶が遠くから帰つて来るのか、きまつて母国のスウェデン語で祈禱をする〉というのである（ちなみにいうと、川端康成の『掌《てのひら》の小説』が私は好きで、これは私の小説の教科書である。そうして康成サンの文学の根源だと思っている）。

このあいだ私は知人と帽子の話をしていた。端布《はぎれ》を持っていくと、上手にクロシエやボンネット、ハンチングをつくってくれる人があるので、私は服をつくると共布で帽子もこしらえたりする。その帽子を私は知人にみせ、

「てっぺんにボンボラサンをつけると、可愛いいかもしれへんね」

と説明していた。

「ボンボラサンって？」

知人は女性であるが、東京の人だから知らないのかと思った。ボンボラサンというのは丸いものである。帽子の先に共色の毛糸なんかでつける丸い房があるが、それをいう。

旗竿の先の金色の珠もボンボラサンという。

すべて丸いものを指すのであって、ただその丸いのは単なる円形ではいけない。

何かの先にくっついている球形のものをいう。どこからきた言葉か分らないが、昔はみな使っていて周知の言葉だったのに、いまの若い人は「ボンボラサン」ということ知らない。東京は知らなくて当り前だと思うが、大阪の若い人も知らない。みなゲラゲラと笑い、私が勝手に考えた造語かと思うようである。しかしちゃんと牧村史陽さんの『大阪ことば事典』には載っているし、初代春団治のレコード、『へっつい盗人』にも、

〈石灯籠のボンボラサンがドーンと落ちた〉

とある。

ともあれ、私は「ボンボラサン」なんて長年使ったこともなかったが、帽子のてっぺんにつける丸い房を、

「タマ」

ともいえず、

「フサ」

ともいえず、

「マリ」「球形」

ともいえず、やっぱり口をついて出てくるのは「ボンボラサン」である。突起せる球形ということを表現するのには「ボンボラサン」しかなく、まったく、無意識に出てきたのであった。


私たちが子供の頃まではあって（というと戦前になる）近年、消えてしまった、あるいは消えつつある言葉は多いが、今回は「ボンボラサン」で触発されて思い出した、昔のコトバをさがしてみたい。


大阪弁も消えたが、大阪の言い伝えも消えた。「ガタロ」は河童《かっぱ》のことで、大阪の川には、

「みなガタロがおりますのやで」

と私はオトナに言い聞かされて育ったが、いまはそんなことをいうオトナも、信じる子供も無《の》うなってしもうた。かっぱは河童《かわわっぱ》のことで、ガタロは河太郎のことだという。火野葦平《ひのあしへい》サンにはたのしい『河童曼陀羅《かっぱまんだら》』があり、これは最近、国書刊

行会から復刊されたようである。ガタロに尻子玉を抜かれて血を吸われるなどといわれ、川遊びしたらあきまへんときつくいましめられたが、大阪に川は多くても、川遊びするような浜は、私の育ったあたりにはなかった。

　フランク永井の歌う「大阪ぐらし」（作詞・石浜恒夫）に、

〽がたろ横丁で　行き暮れ泣いて
　ここが思案の　合縁奇縁

　とある、「がたろ横丁」は天王寺区の源聖寺《げんしょうじ》坂の上にあったそうだ。『大阪ことば事典』によると、ガタロ商、つまり〈横堀や道頓堀川の浅いところで河の中の泥を大きないかき（ざる）ですくい上げてはその中の落しもの（主として金属類の屑物）などを拾い集めるのを商売にしていた人たちが、多く住んでいたのでこの俗称が出来たのである〉
　このガタロは、私は実見していない。私の子供時代、昭和十年代はじめには、すでに〈ガタロ商で生計を立つ〉ことはむつかしくなっていたのではないか。この文句はいうまでもなく、上方落語の「代書」から。創元社『米朝落語全集』で見ると（またこの米朝はんの「代書」、なんべん聞いても抱腹する）、
〈大体はわたいはガタロだんねん〉
というのへ、代書屋がガタロを履歴書に書くのにチエをしぼったあげく、〈河川《かせん》に埋没せる廃品を収集して生計を立つ〉と書き、ガタロが喜んで〈そういう具合に書くちゅうと、この商売がぐっとよう見える〉と笑わせるところである。

「こぼこぼ」というもの、いまの小さい女の子も履《は》いているようだけれど、この名称はまだあるかしら。東京風に「ぽっくり」になってしまったのではないかしら。私の子供のころは「こぼこぼ」といった。「こっぽり」という人もあった。お正月の礼装用で、表つきの、台は塗《ぬ》りできれいな絵が描いてある。厚い底が矩形《くけい》に刳《く》ってあり、鈴をはめこんであるので、歩くと、こぽこぽといい、その合間にりんりんと鳴る。舞妓さんはこっぽりを履いている。こっぽりというのは擬音語であるが、

いっそう子供風に「こぼこぼ」といったのであろうか。これも小学五、六年の女児になると、もう草履をはかされて、こぼこぼではなかった。しかし私は木の音の、やわらかく含んだ、コッポ、コッポというのが好きで、その合間に涼しくチリチリと鈴の鳴るのも楽しかった。

これは台が厚いので歩きにくそうにみえるが、爪先が削《そ》がれて傾斜しているのでわりに足さばきが軽く、またまん中を刳《く》っているから重くはない。こぼこぼをはき、長い袂《たもと》の着物を着ると、子供ごころにもプライドが強くなって、権高《けんだか》な思いあがった気持になったものであった。同級生の男の子が目を丸くして見つめたりする。私はよけいにつんとして、こぼこぼを高く鳴らして歩いた。

子供の着るものでいうと、「じんべ」に「でんち」がある。どっちも手なしの、羽織のようなものだが、「じんべサン」（大阪弁では、ふしぎに「じんべ」にはサンをつけたが、「でんち」にはつかない）は夏のものを指し、「でんち」は冬に着た綿入れをさしたように思う。じんべは『大阪ことば事典』では「陣兵羽織」からかという。「でんち」は『日本国語大辞典』では「殿中羽織」の略かという。

「じんべサン」を着た幼児など可愛いい姿であった。夏は涼しげな水色の絽《ろ》で、衿《えり》には黒い繻子《しゅす》が掛けられたりしている。共布の紐がついて、丈は膝ぐらいであったが、おなかをひやしてはいけないというので、㊎と書いた赤地の腹掛けなどかけてもらっている。現代はマルキンを金持と読むであろうが、これは金時《きんとき》のことで、金時人形の腹掛けに似せてある。

冬はモスだとかちりめんだとか、銘仙《めいせん》だとかの袷《あわせ》に綿が入る。そうなると「でんち」になる。このでんちの軽くて暖かくて活動的なること、ダウンパーカなどの比ではない。私は女学生になってもまだ、でんちを愛用していた。冬の夜になくてはならぬもので、セーターの上にひっかけたりするのに、まことに着勝手がよかった。いまも既製品で売っているのを見かけるが、家庭で綿を入れて作る人は少くなっただろう。綿入れというのは、いいかげんな毛皮より暖いものである。猿まわしの猿はたいてい、キンキンモウモウのでんちなど着せられているから、子供は冬になると、

〽大寒《おおさぶ》　小寒《こさぶ》　猿のでんち借《か》って着よ

と唄ったものだ。

大阪弁のなまりで、さむいをさぶいというが、これは若い叔父叔母たちも使っている言葉であった。

しかしその浪花なまりも、「咽喉《のど》」のことを「のぞ」、「机《つくえ》」のことを「ツッケ」、「ステーション」のことを「ステンショ」などとは、もはやいわない。

これらは曽祖母、祖父母あたりまでの訛《なま》りであったから、昭和十年代にはもう亡びかかっていたと思われる。

「ちめたい」を「つべたい」、

「にらむ」を「ねらむ」、

ぐらいまではいうが（現在でも、そのなまりはまだ行なわれている）、昭和十年代の若者はもう、祖父のように、

「ノゾが痛い」

とはいわなかった。祖母は「ノゾに湿布して吸入器かけはったらよろしおまんねん」という。

また、祖母は、

「ツッケの上、片付けなはれ」

といい、曽祖母は、

「昔はなァ、梅田ステンショから先は菜の花畠《ばたけ》で……」

などというのである。

大阪弁というのは怪《け》ッ体《たい》ななまりがあり、祖父は咽喉のことを「ノゾ」というくせに、のぞくことは「ノドク」というて、あべこべであった。写真をうつす客が来る、それがお見合い写真なんかであると、美しい着物すがたの妙齢の娘さんなので、子供の私は見たくてならない。写場《スタジオ》をそーっとのぞいて、見付けた祖父に、

「ノドいたらあかん！」

と叱られたり、する。

この祖父はまた、チンピラのことをチンペラといい、福禄寿《ふくろくじゅ》のことをホクロクジ

ユといい、飯粒《ままつぶ》のことをママツボとなまった。

「店番してなはれ」

と私は祖母にいわれ、ストーブのある店の間で、いつも祖父がすわる椅子にすわり、祖父がするように新聞をひろげて読んでいた。尤《もっと》も、小学三年生ぐらいの私が読んでいるのは、家で取ってもらっている、毎日の「小学生新聞」である。食事をすまして店の間へきた祖父は、獅子がしらの口のような大口を開けて笑い、

「チンペラが、紅葉みたいな手ェひろげて一人前に新聞よんでよる……」

といった。

これらの訛りは祖父の個人的な習癖ではなくて、親類の老婆などがくると、子供の行儀にうるさく、

「ママツボこぼして粗末にしたら、目ェつぶれまっせ」

とおどした。年寄りたちは平気で、「ノゾ」と「ノドク」ととり換えていい、「ママツボ」「ヒボ」（紐）と放言してはばからない。しかし若い叔父や叔母はむろん、父も、もはや、「ママツボ」という訛りは口にしなかったようだ。メシツブ、ゴハ

ンツブ、といっていた。

これを思うに、どうも昭和十年初めあたりが大阪弁の交替期のような気がする。祖母のことばの一つに、「かざ」というのがあった。におい、香り、などをいうコトバであるが、

「えらい、カンコくさいカザがする」

などと使う。カンコくさいは「紙子臭い」だろうか、祖母はキナくさい、というような意味あいで使っていたようである。

「カザ」は悪臭だけではなく、叔母が香水をつけたりすると、

「ああ、ええカザやこと」

といったりした。カザという大阪弁は、家では祖父や曽祖母のほかは使っていなかったから、新時代にはもう廃《すた》れたのであろう。

この祖母は諸事、家政については手ばしかく、きっちりした、「癇症《かんしょ》やみ」（潔癖症の気味のあるきれい好き）の女であったらしく、私は祖母がぐうたらな恰好でいるのを見たことがなかった。夏の暑いときでも浴衣をきちんと着、女中《おなごし》さんや、嫁

である私の母を督励して毎日、洗濯物を山のように洗い、干した。そうしてあらまし乾いた浴衣——それは糊をつけてあるので、のしいかのように、ぴんと突っ張っている——に、ぱっぱっと水を手で打ち、きちんとたたんで、清潔なゴザに包み、ざぶとんの下に敷く。

私は祖母のすることをじっと眺めている。

祖母は私に教えさとす。

「ノリカイモンはな、こないしておいたら、きれいになりまんねん」

そうしてその上に座ぶとんを敷いて坐り、針箱を出して縫物をする。ノリカイモンというのが私は分らなくて、上へおもしのように乗るからか、と思っていたが、いつとなく、糊つけをすることを、ノリカイモンというのだと知る。ノリカイモンも、カザも、江戸時代からある言葉のようであるが、叔母たちはもう糊つけといっていたし、私もそうで、これも、昭和っ子の新時代には使われなくなったようである。

ただ、祖父祖母から連綿と変っていないのは、促音便のなまりではないかと思われる。

松屋町は、いまなお、「マッチャマチ」で、マ・ツ・ヤ・マチと発音する人はいない。難波《なにわ》橋は「ナンニャバシ」である。

橋筋は、「ハッスジ」――これもハ・シ・スジではなく、これは戎橋《えびすばし》南詰から南海の難波《なんば》駅前までの通称。

なんで大阪弁はみな撥《は》ねるのか。

「幽霊」は「ユーレン」、「お菓子」は「オカシン」、「葬礼」は「ソーレン」になってしまう。

「相撲とり」は「スモンとり」、音がつづまると、月曜日曜も、「ゲッチョ」「ニッチョ」になり、布巾《ふきん》は、になってしまう。これは曽祖母らの時代からいまに至るまで同じ。

「フッキン」

ところで、そういえばこの頃聞かぬものに、「内弁慶」というコトバがある。私は、家庭内暴力というのを聞くと、すぐ「内弁慶」という大阪弁を思い出す（これも大阪弁でいうと「ウチベンケ」である）。内弁慶の外すぼみ、といって、家の中では弁慶のように強くていばっているが、外へ出るとからきし意気地なく、しよぼくれていることである。むろん家庭内暴力はもっとさまざまな問題を内蔵しているから、平和なよき時代の内弁慶といっしょにはならないだろうが、昔から内弁慶はいたのである。そうしてオトナたちは、内弁慶の男を（コドモに限らない）貶《おと》しめ嗤《わら》って、男にあるまじき習性と指弾したのであった。

少くとも内弁慶は、男の徳目からはずれているのである。男の子が、内弁慶の気味があると、親は憂慮していましめたものであった。

中々いい言葉だと思うが、現代は「弁慶」という人名自体、わからない人が多いから、説明に手をとっていけない。いまや、第二、第三の新時代になって、古い言葉は淘汰されていくらしい。しかし民衆の伝承のような歴史説話がたちきられてしまうというのは、いかにも惜しい。通俗にしろ卑近にしろ、古い昔の伝説や人気者や勇士や美女の名を、人々が忘れてしまうのは悲しいではないか。

もっともこの語は『日本国語大辞典』にもあり、東京にもあるらしい。

子供の性癖でいえば、オトナに愛されるのは「きさんじ」な子であった。これは若い人はもう使わなくなっている。

気散じ、ほがらかでくよくよしない、こだわらない、人なつこいような子を、「きさんじな子ォや」という。

私はよく拗《す》ねたりふくれたり、怒ったりする子だったので、オトナに叱られるたび、

「○○チャンみなはれ、あの子ォはきさんじな子ォや」

と比較された。これが何とも子供にとっては腹のたつことであって、私はオトナにほめられる○○チャンに嫉妬し、何かと折あらば「てんご」したくてならぬので

あった。

てんごはわるさである。

わるふざけというような意味もあるが、単なるちょっかいよりは、やや悪意がつよい。

そうしてまた、もう一歩すすむと、

「アタンスル」

という状態になる。

何かわるいことをする、仇《あだ》をうつ、あだをする、という意味が強くなる。ネズミを捕りそこなうと、ネズミは賢いので、その人の着物だけをよく見知って齧《かじ》ったりする。

「ネズミがアタンスル」

と祖母はいっていた。猫にむごく当ると、これまた、ただちに、

「アタンスル」

という。私は〇〇チャンに意地わるをいって泣かせ、

「アタンスル」

のであった。いま、アタンスルということばはほとんど死語となった。「ネズミのわるくちもいうたらあきまへん、ネズミはどこからか聞いとって、アタンスルよってにな」と小声になった祖母の声もなつかしい。

ついでに子供のころ聞いてふしぎだったのに、

「おやま」

がある。

「あこの女房《よめはん》はおやまあがりで……」

などとオトナは言い交し、私は着せかえ人形を「おやまさん」とよんでいたから、何だか美しいひとのように思って聞いていた。

ところがオトナたちの口吻《こうふん》には軽侮と蔑笑《べっしょう》が匂う。ことに女のオトナにそれがいちじるしい。私は小さい子供特有の、濁った低い声で、

「オヤマて何？」

と聞いて、オトナたちをあわてさせたことがある。

遊女、女郎とはオトナたちもいいにくかったろう。『守貞謾稿《もりさだまんこう》』には、〈遊女の惣名をおやまと云ふ也……京阪にておやまということは、承応の比、繰《あやつ》りに小山次郎三郎といふ人形遣《つかい》、若女の木偶《でく》を遣ふに妙なりしより、美女をさして小山《おやま》人形の様なりと云ひしより転じ、後には売女の通唱となると云へり〉とある。

いまや歌舞伎の女形にその言葉が残っただけで、オトナが声ひそめていうほうのおやまは過ぎし世の思い出のことばになってしまった。

せいてせかん――大阪弁の機能《はたらき》

今回は現代のいろんな作品から、大阪弁を拾ってその機能《はたらき》を考えてみたいと思う。

庶民的で少々ガラのわるい大阪弁の代表として、「どおくまんプロ」のマンガ『花の応援団』（双葉社刊）、河内弁《かわちべん》というのは大阪弁より荒っぽいということになっているが、大阪弁が京都弁に馴化《じゅんか》されて洗練されるまでは、その祖型は河内弁と似たものだったのではないかと思う。今東光《こんとうこう》氏が書いていられたが、氏が居住されていたころの河内では、浄瑠璃《じょうるり》みたいなコトバがまだずいぶん残っていたよしで、そこらのオバハンが亭主のことを、

「コチの人」

といっていたそうだ。近松の『おさん』みたいではないか。

『花の応援団』は〈南河内大学〉という、その名もおそろしき大学の、ヤーさんまがいの応援団であるが、このセリフが最低ライン大阪弁の面白さをイキイキと伝えている。

〈わいらカッコだけやないんやでェの巻〉、応援団の一人が町のチンピラと決戦する。

〈何やお前　こんな所へ連れて来て　またこの間みたいになりたいんかい〉とうそぶくチンピラに、

〈じゃかわしいわいーっ　わしはお前らをいてまわんと気持がおさまらんのよ〉

やかましい、が「じゃかっし」となることは前に書いたが、この「じゃかわしい」も潑剌《はつらつ》としている。これがもっと過激になると、

〈じゃわしい。ひきょうはお前らじゃいーっ〉

と短くなってしまう。

語尾につく「じゃ」は、江戸時代まではごくふつうの言葉で「おお、そうじゃ」

などと使っていたようだが、現代は男も女も「や」になった。「そやそや」などという。しかし〈南河内大学〉の応援団などという、ガラのわるきこと言わん方《かた》なき手合いは、日常会話にも「じゃ」が入る。「アホンダラの巻」に、車内の痴漢を目撃した応援団員が敢然と咎《とが》めてわめく。

〈こらあ、何さらしとんじゃいーっ、このガキーっ、ええ年こきやがってえ、恥を知らんのかいーっ〉

暴力をふるったとあべこべにサツへひっぱられて、

〈悪うないもんは悪うないんじゃいーっ〉

友人がその男のために痴漢を現行犯でつかまえて、

〈もう逃げられんのじゃい〉

この「じゃい」だけは、女は使わないこともさきに書いたが、考えてみると、女が使わない大阪弁はほかにもある。自分のことをいうのに、他人のために頼んでやるような婉曲《えんきょく》な命令形は、女性文化にはないのに気付く。女性文化はもっと違う形をとる。「……してくれはれへん？」という言い方を好む。九州育ちの私の夫は、大阪女のそういうものの言い方が理解に苦しむといった。「……して下さい」といえばよいのに、というのである。しかしそういう命令形はのっぴきならぬ所へ相手を追いこむ。共通語にも「……して下さらないかしら？」という言い方はあるではないか。「してくれはれへん？」になるのは当然である。

ところが大阪弁の男性語であると、酔いつぶれた男を、友人たちが起すと、その男は、

〈うるさいのー。もうちょっと寝かしといたれよ……！〉

と友人は、

〈そんなこと言わんと起きたれよ。おいったら〉

と自分のためにいう。前者は「寝かせてくれ」といわず、後者も「起きんかい」とはいわない。これは屈折した丁寧語であろう。これをガラのわるい連中がいうところに何ともたまらぬユーモアがある。

ガラのわるいというと、はるき悦巳《えつみ》氏の『じゃりン子チエ』（双葉社刊）も大阪下町のホルモン焼屋が舞台で、闊達な大阪弁が展開して楽しい。小学五年生のチエ

もいいが、父親のテツがおかしい、テツはバクチを打って遊んでるあばれもンである。から、日常語に「じゃ」を使う。

〈あいつが来るとロクなことがないんじゃ〉〈何しにきたんじゃ〉

の「じゃ」のほか、

〈ど〉

が加わってガラ悪さはいっそう多彩になる。

〈二度と食えんど〉〈うまいどぉ〉〈終りやど〉〈ワシは家出する。本気やどー。今からどっか遠くへ行く。二度と会われへんど〉〈だまってえ。ワシのことしゃべったら半殺しやど〉(「見てしまったテツの巻」)

この「ど」は「ぞ」がいっそう強められたもので、恫喝《どうかつ》の響きもなしとしない。一時、世間にはやった「だド」はお遊びであるが、大阪下町の庶民が「ど」を語尾につけると凄《すご》みになり、あはあはと笑いながらいっても、それはどこか無気味である。

右の「だまってえ」は女ことば(「してえ」「教《おせ》てェ」などの女性用語)の「え」

ではなくやや河内弁の男の巻舌である。もっと凄くなると、黙ってえが、

「だッてえ」

と聞える。だまってろ、という意味だが、大阪弁では「だまってろ」という使い方はなく、「だまっとれ」になる。「だまっとれ」は一旦制止であるが、その時間的継続を指示しようとすると「だまってえ」になるのである。

大阪弁を滑脱《かつだつ》にしゃべる庶民は、どんどん助詞をはぶいて表情をもたせる。

〈チエ、こわいことゆわんといて。わたい死にたなる〉(「おばあはんは強い!の巻」)

〈わたい今日は何も考えたない〉(「ご対面〜の巻」)の〈死にたなる〉〈考えたない〉の「た」は本来「とう」である。早口になるなら、死にとない、考えとない、といえばいいのであるが、大阪庶民は草書体に崩すのが好きで、ア音好きでもあるから、「死にたなる」とやって耳に入りやすくしてしまう。

「そやそや」といえばいいのに、好んで、

「しゃー、しゃー」

と合槌《あいづち》を打ったりするようなもの。

　どうも庶民コトバがつづいたので、現代のごくふつうの若い大阪女性の女性語を見てみよう。阿部牧郎氏の『春山課長・三十六歳』（文藝春秋刊）に出てくる妻の民子は三十二、三だろうか、毎日作っていた夫の弁当を、課長になったからもう要らんといわれて、悲しむ。

〈わかってくれないのパパ、パパには三度三度、私のつくったお料理たべてほしいのよ。いつも正午《おひる》に私、パパとおなじものをたべるの。いまごろパパもこのお肉たべてるやろ。私のこと、ちらっと思いだしてるかしら。そう思うのが生甲斐なのよ。ねえ、いまどきこんな可憐な世話女房がざらにいると思うの。天女のような妻やないの。パパにはもったいないよ〉

　右の会話は完全に共通語と大阪弁の混淆《こんこう》である。「わかってくれないの」は「わかってくれへんの」とあるべきところであるが、なぜか現代の大阪女性は「くれへん」というのを下品なように思うクセがあり、水準的な女性語は「くれない」になるようである。共通語を使うのに抵抗感はうすれている。「おなじものをたべるの」

も「たべるねん」になるところ、「ねん」は急速にすたれつつある語尾であって、さしもに全盛を誇った「ねん」も「の」に駆逐されつつある。「の」あるいは「ね」が跳梁《ちょうりょう》しているわけである。

ただ、なかなかしぶといのが「やろ」であって、これは会話のはしばしにしがみついて消えない。このへんの消息を右の会話はうまく伝えているというべきであろう。これは日常会話とはいえ、第一種礼装の如きもので、本音を吐かせると大阪弁になってしまう。民子は夫にさからって、好物で釣ったうまそうな弁当をあえて作る。カキフライ、小イワシの酢漬け、イカのスミ煮、グリーンサラダ。夫の春山課長は動揺する。民子はいう。

〈どうやおっさん。これでも弁当いらんか。これでも街のモリソバのほうがいいのか。どっちが美味いと思うとるんや〉

良民でインテリ夫人である民子は露悪的に大阪弁を使うが、このへんの緩急自在の呼吸がいい。

この春山課長はオフィス・ラブをしている。民子はそれを察している。

〈けど、無茶したらいけませんよ。パパには私という最愛の妻がいる。子供もいる。家庭は壊してほしくないの。パパがそんなことする人やないのは信じてます〉

〈当然だ。なんでおれが家庭を——〉

〈そやからいいのよ。会《お》うてらっしゃいな智子さんに。あの人なら、ある程度親しくなっても私はゆるせる。私を恐れてパパが我慢してるのをみると、かえってしんどいわ〉

ここで民子はがらりと口調がかわる。口調がかわったところは、カギ括弧を用いず、地の文なみになっているところに凄《すご》みがある。

——いってこいや遠慮せんと。本音で生きたらええやないか。——

本音でいうと、大阪女はみな、「じゃりン子チエ」になるところがおかしい。

ＯＬの智子のほうは、いっそう、共通語が大阪弁を圧倒しているものの如くである。

〈自信なんかありませんよ。いややわ、きょうはどうしはったんですか。私のどこが冷やかなの。いじめないで下さい〉

〈私かておんなじですよ。けど、人前でそんな様子みせられへんでしょ〉

ありませんよ、いじめないで下さい、これは完全に共通語が定着していることを示すが、敬語の「はる」と否定の「へん」は、これに代替する共通語はあるものの、まだ大阪女性に使い慣らされていないことを示す。

「みせられへん」の代りに「みせられない」というと、とたんによそよそしくなって表現不十分であるから、どうしても「へん」を重用することになる。たとえば、春山課長が、

〈会社でふっと濡れてくることはないか。あらぬことを考えて〉

などとアホなことをいうのに対し、智子は、

〈ありますよ。課長が部長のところへいって真剣な顔で話してはるときなんか。課長のお尻のへんに色気を感じるの。おもしろいでしょ。自分でもなんでかわかれへん〉

と中々含蓄のあることをいう。このとき会話のしめくくりに「わかれへん」と「へん」をもってくるのが効いている。これでぐっと会話はリアルになる。

若い大阪女性の会話をうつして阿部氏はまことに玄妙であると私はさきに書いたことがあるが、このへんが心憎いところである。若い女の子の息づかいまで耳もとできこえそうな気がする。ちょっと気取って共通語を使うが、ラストの「へん」で、思考の構成や発想経路は大阪弁だということがわかるのである。

女言葉でいうと黒岩重吾氏の「西成《にしなり》もの」「飛田《とびた》もの」に出てくる底辺の女たちの言葉がまた、いい。娼婦やキャバレーの女、荒っぽいが、どことなく女らしい色気がある。なぜその匂いがたちのぼってくるのか考えてみよう。たとえば『黒岩重吾全集』第二十三巻（中央公論社刊）所載の「凍った舞台」、美佐江はホテルと契約して客を取っている娼婦だが、姉の真知江と二人でアパートに暮している。真知江の方はキャバレーのホステス。妹の美佐江は姉を愛していて、姉も娼婦になれとすすめる男には目をむいて怒る。

〈おっさん、姉ちゃんはな、うちとは違うんや、高校も出てるしな、阿呆なことといわんといてや。はっ倒されるで〉

美佐江はフーテン上りだから凄むときは威勢がいい。パチンコしていて男が彼女の体に触れるとかっとする。

〈おっさん、おっさんのおかげで狂《くる》たがな〉

男があやまって玉を彼女に分ける。そのあとツキはじめ、ハイライトを十五個儲けた美佐江は、さっきの男をさがして残りの玉を男にやり、ハイライトを二個、男のポケットに入れてやる。

〈おっさん、さっきはおおきに。うちえらい儲けたから、これ、使《つ》こて〉

男は善良そうに喜び、彼女はこんな善《え》え男もいるんやなと〈胸が熱く〉なるが、しかしこんな善良な男は金を持ってないもんである。美佐江は金をためるのが生き甲斐で、男に甘くはない。どんな客でも、口ぐせのように、

〈けったいなやっちゃ、ほんまにけったいなやっちゃ〉

という。

〈ほんまにけったいなやっちゃ、うちにな、裸になって這《は》え、といいよるんや。嫌や、いうたら、這うたら一万円チップくれる、いいよるさかい、這うたった。それ

がな、まだ若いんやで、三十四五位かな〉

　この言葉は荒いので、他国の方が聞かれるとズベ公のように思われるであろうが、「いいよる」は女ことばである。最底辺の女ことばにも「言いくさる」「ぬかす」などあるが、この美佐江はもともと、良家といえないまでも、ごくふつうの庶民の家に育った娘、という設定なので、底のぬけたように退廃的な言葉ではない。カッとなると凄むが、ふだんは甘さの残る女ことばである。姉に恋人ができる。美佐江はいう。

〈な、板林さん、家に連れて来たらええがな、うちにも紹介してえな〉

〈ううん、家には連れて来《け》えへん〉

〈どうしてやのん、うちが潰《つぶ》すと思てんのやろ。板林さんがええ人やったら、うち、そんなことせえへんで〉

〈板林さんはええ人や。しかしな、美佐江にはその良さが分れへんね〉

　どうしてやのん、とちょっと共通語っぽい言葉が入りながら、「ワタシ」といわないで「うち」になっている。この小説は昭和四十七年に発表されているが、「うち」と共通語との混ざり具合に時代性と生活感がある。ＯＬや若夫人は昭和三十年代のはじめにはもう、「うち」を払拭していた。ホテル契約の娼婦が「うち」をまだ温存しているところに、可憐な感じがあって、黒岩氏の短篇に登場する、吹きだまりの底辺に棲む女たちに、何とはない哀感と女らしさを感じるのは、その会話のニュアンスにもよるのだ。手だれの会話というべきであろう。

ニュアンスといえば、大阪弁は細部において他国人に分りにくい点が間々、あるらしい。ある人がいっていたが、東京の人に金を包み、それが少いのではないかと別の人に注意され、「ほな、何ぼやったらええねん？」といったら「は？」「何ぼやったらええか、ちゅうとんねん」「は？」と、全く通じなかった、といっていた。ナンボヤッタラエエネン、――これを早口でいわれると、フランス語のようでさっぱり分らない、と東京人はいう。「ちいとま、待っとって」といって「は？」とやられた人もいる。ちょっとのあいだ、というつもりで、チートマ、といったのが理解されにくいらしい。

そういう細部の面白さが藤本義一氏の小説の大阪弁にはふんだんにあって、『鬼の詩』（講談社刊）所収の「下座地獄」に、

〈ほんなら、閑《ひま》を見付けて教えたげるさかいに、あての家においない〉

の「おいない」、おいでなはれ、というところを芸人らしい雰囲気でいう。

「鬼の詩」でミッチャ（あばた面）になった馬喬が、ミッチャも芸のうちと悟る。

〈そうやでえ、馬喬はん、これもひとつの芸やでえ〉

大阪弁でもともと「デ」は軽い止《と》メであるが、馬喬はもう失うものは何もなくなり、ミッチャしか手にないのである。そういうとき、居直って尻《けつ》をまくって生きようとする彼は「デ」と軽く嗤《わら》えない。自嘲は肥大した自尊心に裏打ちされ、「そうやでえ」と念を押して重々しくなるのだ。「……からに」で話をつないでゆく庶民風な話術も藤本氏独特の息づかいである。

〈へえ、わたいが生れましたんは、大阪の隅《すんだ》の尼崎でおましてからに、ここにはわたいの今日あるを予知したかのような大陽物、つまり大魔羅の御神体がおましてからに……〉（「浪花珍草紙」）

大阪弁には人々が愛用する言いまわしが多くあるが、「浪花怨芸譚」に、

〈まだ五十にも間があるというのに、下半身が麻痺してしもうたら、生きる甲斐がおまへんがな、ぶっちゃけた話〉

とある。この〈ぶっちゃけた話〉は会話の冒頭に掲げられたり、右のように掉尾《とうび》を飾ったりするが、これも大阪弁を生彩あらしめる装飾語の一つ、それで思い出したが、小林信彦氏の『唐獅子シリーズ』、これは大阪のやーさんの大阪弁がなんとも奔放自在でいい。

〈何しさらす〉〈おんどりゃー、面《めん》きってくれたやんけ〉〈じゃかましい〉とテツもビビるようなやーさん言葉が豪華絢爛に氾濫する。東京ご出身の小林氏が、それこそ大阪弁の細部に通暁《つうぎょう》していられるのが、どんぴしゃりに適合して楽しい。

『唐獅子超人《スーパーマン》伝説』（文藝春秋刊）の「唐獅子脱出作戦」に、

〈わしも、演歌なら、そこそこいけるけど、この方面は苦労した。……名曲を、極道向きに書き直して、練習した〉

この「そこそこ」はいかにも大阪的使いかたである。「仕事もそこそこに」など

という、あわてふためいた時につかうものではなく、といって「百円そこそこ」の、百円見当、百円ぐらいという意味も妥当ではない。「そこそこいける」というのは、「ある線まではやれる」「ま、ボチボチ」というようなところであろう。

「儲かりまっか」「そこそこだんな」などというときに使う。あんまりハッキリいうと揚足《あげあし》とられへんか、とか、相手にショックを与えへんか、とかいうおもんばかりのせいか、とかく大阪弁は曖昧模糊《あいまいもこ》たるコトバが多い。

そういえば、このまえ、ある人と話していて、その人は大阪出身ではないので、

「いやア、大阪弁にはフシギな言葉がありますなあ」

と感心していた。それは「せいてせかん」というのだそうである。

これは大阪人が愛用していたが、いまの若者はもうぼちぼち使わなくなったかもしれない。急ぐようで急がない、という意味であるが、まわりまわって、やっぱり急いでほしい、という意味になる。他国者のその人にも、ちゃんとその雰囲気は通じたというのだから、その人の感性の鋭さもあろうが、言葉のもつ霊力というものもあるかもしれない。

「せいてせかんようなもんやけど、まあ、ひとつよろしゅう頼みます、といわれたとき、この仕事は急いでやらないといけないんだな、とわかりましたよ。――しかも、急いでくれ、と直接にいわれるより、もっと切迫感がありましたな」とのことであった。婉曲も言い方により、より直截《ちょくせつ》的になるという、見本のような言葉だ。

曖昧模糊たる大阪弁を捉えようとしているうちに、せいてせかん考察も長くなってしまった。不日、またあらためてペンをとることにしてひとまずこれで打ち切ろう。

あとがき

以前に私は『大阪弁ちゃらんぽらん』（筑摩書房刊、のち中公文庫）を出したが、これはそれにつづく、パートⅡと考えて頂いてもいい。大阪弁を考えつつ、上方文化、上方風俗をも何となく省察したい、という、甚だ漫然たる意図で出発した連載であったが、どこまでそれが果せたことやら、心もとない。

これを書くために、私はあらためて身辺の言葉に耳傾ける癖がついてしまった。テレビで、駅で、乗物の中で、町で、買物に行った先で、タクシーの運転手さんとの会話で、大阪弁をじっくり聴いてみた。

そして、言葉は流動し、共通語風に変貌しつつあるものの、大阪弁の精神というものは、なおやはり不変の表情があることを発見したのである。上方文化風発想というのは、しぶとく人々の心に巣くい、居坐って、ちっとやそっとの言葉の変りようぐらいでは、押し流されそうにないのである。

いや、どうでもいい部分は洗い流されていくが、文化と密接に結びついた言葉は、根強く残りつづけるのかもしれない。

それが、「そこそこやな」とか、「せいてせかんこっちゃけど」とか、「ぼつぼついこか」とか、いう言葉であろう。また、こういう言葉は、かなりの人生キャリアを積んだ人間の口から発せられると、生彩を帯び迫力がある。されば方言のいちばんいい部分、おいしいエッセンスは、若者ではなく、大人たちによって保たれているということかもしれない。言葉に関心と愛着を持たれる中年・熟年の方々に、この本を捧げたい。

引用させて頂いた作品の作者の方々にお礼申上げます。

一九八五年夏

田辺聖子

解説　大阪弁のおもしろさ

國村　隼

古い大阪弁を残している河内弁

『大阪弁おもしろ草子』、タイトル通りですね。ほんま、おもしろい。

僕は、二十年以上東京に住んでいますが、普段は大阪弁を話しています。なんの気なしに使っている大阪弁の一言一言のなかに、人との距離や関係性を表わしたり、感情に含みを持たせたりする力があるということを、田辺聖子さんの『大阪弁おもしろ草子』を読んで、あらためて感じました。

子どもの頃に聞いたけれど、最近あまり使っていなかった言葉も出てくるので、懐かしくも思いました。

たとえば「まどう」という言葉。

僕は小学校二年生のとき、大阪市内から富田林《とんだばやし》市に引っ越しました。富田林といえば、大阪のディープサウス、河内弁の世界の真っただ中です。移り住んですぐの頃は、自分にとって河内弁はよその言葉でしたが、だんだん河内弁の子ォになりました。

河内弁では「まどう」ではなく、「まろう」と言います。「まろてんか」「まろってや」、ちょっとすごむときは、「おまェ、まろてもらうゾ」。最初は「何言うてるんやろ」と思っていましたが、そのうち、それは弁償してくれ、という意味だとわかった。この本を読み、「まろう」は、本来の大阪弁では「まどう」であると知りました。

「じゃかっし」「しばくぞ」などは、河内弁独特の言い方やと思っていたけれど、これも、もともと大阪弁にあった言葉なんですね。河内弁というと、とかく汚い言葉というイメージを持たれがちです。でも実は、古い大阪弁の色合いや言葉自体がひじょうに色濃く残っているのが河内弁なんやと今回初めて気づき、ちょっとうれしかったですね。

その「じゃかっし」ですが、もともとは「じゃかましい」。標準語で「やかましい」のことです。「じゃかましい」が詰まって「じゃかっし」になるわけですが、そんなふうに音が詰まっていくのも大阪弁の特徴で、河内弁ではとくにその傾向が強いようです。「じゃかっし」がさらに詰まり、「じゃっし」となる。「じゃっし！　だってェ」は、「じゃかましい！　だまっとれ」のこと。「じゃ」と「だ」にアクセントを置くのですが、こうなると、まるで判じ物です。ただし、これらの言葉を日常使いしていたのは河内地方ならではのことで、大阪市内で使うと喧嘩かいな、となります。

大阪弁ならではのニュアンス

大阪弁でないとニュアンスが表わせない言葉もあります。僕が好きなのは、「わやや」とか「わやくちゃや」という言葉。この「わや」って、何やろ？　標準語で言い換えることができません。

「わやくちゃや」と標準語の「めちゃくちゃだ」では、かなりニュアンスが違います。「もうさっぱり、わやや」と言うと、ほんまに嘆いているのか、そんな状況に陥った自分を笑っているのかわからんような使い方です。一旦、自分を外に置いてみる、という持って回った表現方法も大阪弁の持っている幅の広さでしょう。

最近は使う人が減ってきていますが、「すかたん」という言葉も好きです。「すかたん」も、どうにも標準語に置き換えられない。期待を裏切ったり、見当違いのことをした人に言う言葉で、「おまえ、アホやな」「あかんで」というニュアンスも入っているけれど、罵倒するというよりは、たしなめるという感じでしょうか。言葉のなかに、愛情を感じる、あたたかいニュアンスがあります。そもそも響き自体、ちょっと間が抜けていて、ええ感じやな、と思います。

大阪人は、そういった言葉を無意識に使い分けているということです。その時の自分の気持ちに一番合った言葉を選んだら、「どアホ」ではなく「すかたん」になったりする。

「あかん」は今でもみんなよく使う言葉ですが、語尾や語調によって、意味合いが変わってきます。「ええかげんにしぃや。ほんまにアカンで」と、人をやんわりたしなめるときにも使えるし、「そんなン、あかんわ」と、女の人がちょっと色っぽく使ったりもする。「絶対にあかんで」と強い言い方もできる。おなじ「あかん」でも、ぜんぜんニュアンスが違ってきます。「あかんたれ」なんて、名詞化することもあります。

そういえば大阪府警が作ったポスターの標語に、「チカン・アカン」というのがありました。韻を踏んでるんですね。しかも「チカンは犯罪やで」とか「絶対に黙ってたらアカン」などと書いてある。いかにも大阪ならではの標語で、つい、ぷっと笑いたくなってしまう。そんなふうに、なんとのぅ笑いに持っていくのも、大阪弁ならではだと思います。

エロティックさと罵詈雑言の多彩さ

今回、田辺さんの本を読んでなるほどと思ったのが、大阪弁の持つ猥雑さの魅力です。大阪弁には、ちょっとみだらな感じがあって、なんとのぅエロティック。そやけど、下品ないやらしさはない。そういう言葉から生まれる人間関係は、味わい深い気がします。

織田作之助の『夫婦善哉』という小説があります。昭和初期の大阪が舞台で、大店のあほぼんとしっかりものの芸者の話です。映画では森繁久彌さんと淡島千景さんが主演でしたが、森繁さん演じる放蕩息子は、どうしようもない男なんやけど、どこか色っぽくて女の人はほうっておけない。あの男女の関係性は、ひじょうに大阪的な気がします。その雰囲気と大阪弁が、ものすごくシンクロしているんですね。上方歌舞伎にも、しゃあない若旦那が出てきます。突けば転がるような軟弱な感じなので「つっころばし」と言いますが、人がよくて、どこか憎めない。女がつい惚れてしまう、魅力的なキャラクターです。

そんな猥雑な雰囲気がある一方で、大阪弁には実にバラエティに富んだ、多彩な罵詈罵倒の言葉があります。とくに河内弁には、それが色濃く残っています。関東の人が聞いたら、「やくざ御用達の言葉」と思われるかもしれません。

僕が子どもの頃は、なにせ河内のど真ん中、大人どうしが血ィ流して本気で喧嘩している場面をよく見ました。子どもたちはそんな大人たちを見て育ちますから、喧嘩を覚えるんでしょうね。

けれども、その悪ガキたちの喧嘩は、実際に組み合うより、口上のほうが長かった(笑)。「こらッ！　しばくぞ」と、威勢のいい言葉で脅しつけておいて、そのあと、「ドたまカチ割って、ストローで血ィ吸うたろか」と、わけのわからんフレーズが続く。それを聞いたときには、スイカのカチ割りにストローを突っ込んで果汁を飲んでいるビジュアルが頭に浮かんで、思わず吹き出してしまいました。喧嘩しよるんやら、笑わし合うてるんやら、ようわからん。本人たちは真剣なんですよ。相手を怖がらそうと思ってタンカ切ってるのに、どうしてもそこにおかしみがにじみ出てしまうんですね。ちなみに「ドたま」とは「頭」のこと。強調する時に「ド」をつけるのも大阪弁の特徴です。いやぁ、ほんまにおもしろい言葉だと思います。

大阪弁は機能的な言葉の対極にある

僕は、普段は大阪弁をしゃべっていますが、仕事のスイッチが入るとパッと標準語になります。それに関しては、まったく違和感がありません。逆に大阪弁の台本をつかって芝居をするほうが、戸惑うこともあります。なぜなら、田辺さんも書いておられますが、大阪弁のニュアンスは活字にしにくいからです。

脚本家の方が大阪出身ではない場合、台詞を大阪弁に聞こえるように手直しし書き直すわけですが、どうしても耳で聞く大阪弁とは違ってきますし、それに言葉として正しくなっても、元々どんなニュアンスで書かれているのか読み取りにくいことがあるんです。大阪弁のリズムを出すのもまた難しい。

逆に言うと、それだけ大阪弁は生きた言葉なんですね。つまり、機能としてだけの言葉ではない。体と感覚から出てくる生の言葉だからこそ、活字にしにくいわけです。

標準語というのは、明治時代に東京の山の手言葉をベースに、ある意味で人工的に作られた言葉らしいですね。誰もが間違いなく意味をくみ取り、やり取りできる言葉として作られたわけですから、まさに機能が第一。大阪弁は、そういった機能的な言葉の対極にあるような気がします。

かくいう僕も、自分では大阪弁をバリバリしゃべっているつもりでも、やはり徐々に標準語ナイズされた大阪弁になっていることがあるようです。どうしても、普段、耳から入ってくる言葉の多くが標準語になりますから、いつのまにか、音だったりイントネーションだったりが、標準語に近くなってしまっている。

田辺さん原案のNHK朝の連続テレビ小説『芋たこなんきん』に出演したとき、台詞の中に「道頓堀」という地名が出てきたことがありました。大阪弁だと、「ど」にアクセントがついてちょっと強く発音され、「どうとん」がほぼ同じ音の高さ、「ぼり」が一段、音が下がります。ところが僕は東京の人が言うように、ほぼ六文字平らに、「どうとんぼり」と言ってしまいました。それを直されたとき、「いつの間にか〈東京の人〉になってしもてたんやなぁ」と、自分でもちょっとびっくり、苦笑いでした。

言葉というのは、そんなふうに少しずつ他の言葉と混ざったりしながら、変質していくものなんですね。時代によっても、変容していくものだと思います。ただ、たとえそうであったとしても、大阪人の気質が大阪弁を生んだとすれば、大阪弁がなくなることはないでしょう。

では、その大阪人の気質とは何か。たぶん社会のコミュニティの中で、相手のことも慮りながら、角を立てんように、うまく一緒に共存していこうとすること、つまりコミュニケーションをすごく大事にするということなんですね。

大阪弁の根本にあるのは、「言葉は意思のやり取りができればいいというものではない、感情の機微のやり取りこそが大事なんや」ということなのではないでしょうか。

大阪人は、機能としての言葉だけでは物足りない。やはりニュアンスだったり、自分の心情を相手にきっちり手渡すために、大阪弁が必要なのでしょう。だからこの先も大阪弁は残っていくでしょうし、また、そうでないとあかんと思います。

これだけ多様性と奥深さがあるからこそ、田辺さんは『大阪弁おもしろ草子』を書かれたのではないでしょうか。大阪人ですら、いや、大阪人だからこそ普段は無意識で使っている大阪弁を、「実はこういうことなんや」と意識的に繋ぎとめる意味も込めて、お書きになった。それを読ませていただくことで、普段自分がしゃべっている言葉を再認識することができました。

この本は、大阪以外の人が読んでもおもしろいのはもちろんですが、大阪人が読むとまた違った楽しみがあると思います。「そういえば、おじいさん、おばあさんがこんな言葉使うてた」と、記憶がよみがえるかもしれませんし、これからの大阪のこどもたちにもぜひ読んで欲しい一冊です。

ちなみに僕は、普段大阪弁でしゃべると言いましたが、河内弁は意図的にしゃべらないようにしています。この顔でニコリともせずに「じゃかっし！」とか言ったら、間違いなく怖がられますから。（笑）

（くにむら・じゅん　俳優）

構成　篠藤ゆり

本書には今日の歴史・人権意識に照らして不適切な語句や表現が見られますが、時代的背景と著者が他界していることを鑑み、原文のままとしました。

（編集部）

本書は『大阪弁おもしろ草子』（一九八五年九月刊、講談社現代新書）を底本とし、
新しく解説を加え文庫化したものです。

JASRAC 出 2005621-001

中公文庫

大阪弁《おおさかべん》おもしろ草子《そうし》

2020年 7 月25日　初版発行

著　者　田《た》辺《なべ》聖《せい》子《こ》

発行者　松田 陽三

発行所　中央公論新社
〒100-8152　東京都千代田区大手町 1-7-1
電話　販売 03-5299-1730　編集 03-5299-1890
URL http://www.chuko.co.jp/

ＤＴＰ　嵐下英治
印　刷　三晃印刷
製　本　小泉製本

Published by CHUOKORON-SHINSHA, INC.
Printed in Japan　ISBN978-4-12-206907-7 C1195

中公文庫既刊より

各書目の下段の数字はISBNコードです。978-4-12が省略してあります。

さ-18-7
男の背中、女のお尻
佐藤愛子
田辺聖子
女の浮気に男の嫉妬、人のかわいげなどを自在に語り合い、男の本質、女の本音を鋭く突いた抱腹絶倒の対談集。中山あい子、野坂昭如との鼎談も収録する。
206573-4

た-28-12
道頓堀の雨に別れて以来なり　川柳作家・岸本水府とその時代(上)
田辺聖子
大阪の川柳結社「番傘」を率いた岸本水府と川柳に生涯を賭けた盟友たち……上巻は、若き水府と、柳友たちとの出会い、「番傘」創刊、大正柳壇の展望まで。
203709-0

た-28-13
道頓堀の雨に別れて以来なり　川柳作家・岸本水府とその時代(中)
田辺聖子
川柳への深い造詣と敬愛で、その豊醇・肥沃な文学的魅力を描き尽す伝記巨篇。中巻は、革新川柳の台頭、水府の広告マンとしての活躍、「番傘」作家銘々伝。
203727-4

た-28-14
道頓堀の雨に別れて以来なり　川柳作家・岸本水府とその時代(下)
田辺聖子
川柳を通して描く、明治・大正・昭和のひとびとの足跡。川柳への深い造詣と敬愛でその豊醇、肥沃な文学的魅力を描く、著者渾身のライフワーク完結。
203741-0

た-28-15
ひよこのひとりごと　残るたのしみ
田辺聖子
他人はエライが自分もエライ。人生はその日その日の出来心――七十を迎えた「人生の達人」おせいさんが、年を重ねる愉しさ、味わい深さを綴るエッセイ集。
205174-4

た-28-17
夜の一ぱい
田辺聖子
浦西和彦編
友と、夫と、重ねた杯の数々……。四十余年の長きに亘る酒とのつき合いを綴った、五十五本のエッセイを収録、酩酊必至のオリジナル文庫。〈解説〉浦西和彦
205890-3

た-28-18
隼別《はやぶさわけ》王子の叛乱
田辺聖子
ヤマトの大王の想われびと女鳥姫と恋におちた隼別王子は大王の宮殿を襲う。「古事記」を舞台に描く恋と陰謀と幻想渦巻く濃密な物語。〈解説〉永田萠
206362-4

し-6-27
韃靼《だったん》疾風録（上）
司馬遼太郎
九州平戸島に漂着した韃靼公主を送って、謎多いその故国に赴く平戸武士桂庄助の前途に待ちかまえていたものは。東アジアの海陸に展開される雄大なロマン。
201771-9

し-6-28
韃靼疾風録（下）
司馬遼太郎
文明が衰退した明とそれに挑戦する女真との間に激しい攻防戦が始まった。韃靼公主アビアと平戸武士桂庄助を軸にした壮大な歴史ロマン。大佛次郎賞受賞作。
201772-6

し-6-55
花咲ける上方武士道
司馬遼太郎
風雲急を告げる幕末、公家密偵使・少将高野則近の東海道東下り。大坂侍・百済ノ門兵衛と伊賀忍者を従えて、恋と冒険の傑作長篇。〈解説〉出久根達郎
203324-5

し-6-32
空海の風景（上）
司馬遼太郎
平安の巨人空海の思想と生涯、その時代風景を照射し、日本が生んだ人類普遍の天才の実像に迫る。構想十余年、司馬文学の記念碑的大作。芸術院恩賜賞受賞。
202076-4

し-6-33
空海の風景（下）
司馬遼太郎
大陸文明と日本文明の結びつきを達成した空海は哲学宗教文学教育、医療施薬、土木灌漑建築と八面六臂の活躍を続ける。その死の秘密もふくめ描く完結篇。
202077-1

し-6-35
歴史の中の日本
司馬遼太郎
司馬文学の魅力を明かすエッセイ集。明晰な歴史観と豊かな創造力で、激動する歴史の流れと、多彩な人間像をとらえ、現代人の問題として解き明かす。
202103-7

し-6-36
風塵抄《ふうじんしょう》
司馬遼太郎
一九八六年から九一年まで、身近な話題とともに土地問題、解体したソ連の問題等、激しく動く現代世界と人間を省察。世間ばなしの中に「恒心」を語る珠玉随想集。
202111-2

し-6-38
ひとびとの跫音《あしおと》（上）
司馬遼太郎
正岡子規の詩心と情趣を受け継いだひとびとの豊饒にして清々しい人生を深い共感と愛惜をこめて刻む、司馬文学の核心をなす画期的長篇。読売文学賞受賞。
202242-3

各書目の下段の数字はISBNコードです。978－4－12が省略してあります。

し-6-39
ひとびとの跫音（下）
司馬遼太郎
正岡家の養子忠三郎ら、人生の達人といった風韻をもつひとびとの境涯を描く。「人間が生まれて死んでゆくという情趣」を織りなす名作。〈解説〉桶谷秀昭
202243-0

し-6-42
世界のなかの日本 十六世紀まで遡って見る
司馬遼太郎
ドナルド・キーン
近松や勝海舟、夏目漱石たち江戸・明治人のことばと文学、モラルと思想、世界との関りから日本人の特質を説き、世界の一員としての日本を考えてゆく。
202510-3

し-6-44
古往今来
司馬遼太郎
著者居住の地からはじまり、薩摩坊津や土佐檮原などのつやのある風土と人びと――「古」と「今」を自在に往来して、よき人に接しえた至福を伝える。
202618-6

し-6-46
日本人と日本文化〈対談〉
司馬遼太郎
ドナルド・キーン
日本文化の誕生から日本人のモラルや美意識にいたる〈双方の体温で感じとった日本文化〉を縦横に語りあいながら、世界的視野で日本人の姿を見定める。
202664-3

し-6-48
土地と日本人〈対談集〉
司馬遼太郎
土地問題が日本の最大の病根であることをいちはやく見抜き、憂いつつ逝った著者が、松下幸之助、野坂昭如氏らと解決の方途を探った警世の対談集。
202712-1

し-6-49
歴史の舞台 文明のさまざま
司馬遼太郎
憧憬のユーラシアの大草原に立って、宿年の関心であった遊牧文明の地と人々、歴史を語り、中国・朝鮮・日本を地球規模で考察する雄大なエッセイ集。
202735-0

し-6-50
人間について〈対談〉
司馬遼太郎
山村雄一
人間を愛してやまない作家と医学者がそれぞれの場から自在に語りあう脳と心、女と男、生と死、宗教と国家……。創見と知的興奮にみちた人間探究の書。
202757-2

し-6-51
十六の話
司馬遼太郎
二十一世紀に生きる人びとに愛と思いをこめて遺す「歴史から学んだ人間の生き方の基本的なことども」。井筒俊彦氏との対談「二十世紀末の闇と光」を収録。
202775-6